Oetinger

Erhard Dietl, 1953 in Regensburg geboren, hat schon als Kind gern Geschichten geschrieben und gezeichnet. Er studierte Kunst und wurde freier Schriftsteller und Illustrator, mit großem nationalem und internationalem Erfolg. Er hat bisher rund 100 Kinderbücher veröffentlicht, für die er u. a. von der Stiftung Buchkunst und mit dem Österreichischen Kinder- und Jugendbuchpreis ausgezeichnet wurde. Mit seinen beliebtesten Kinderbuchfiguren, den anarchisch-frechen Olchis, bringt Erhard Dietl sogar Lesemuffel zum Lachen – und Lernen.

Erhard Dietl

Die Olchis
Allerhand und mehr

Verlag Friedrich Oetinger · Hamburg

Mehr über die Olchis in den Kinderbüchern

Das geheime Olchi-Experiment
Die Olchis fliegen zum Mond
Die Olchis und der karierte Tigerhai
Die Olchis und die grüne Mumie
Die Olchis und die Teufelshöhle

Außerdem gibt es Olchiges in Bilderbüchern, in 14 Bänden der Erstlesereihe »Sonne, Mond und Sterne« und in Hörbüchern. Muffelfurzfreche Schulanfänger haben viel Spaß mit den Olchis in Beschäftigungsheften und Lernhilfen.

FSC www.fsc.org
MIX
Papier aus verantwortungsvollen Quellen
FSC® C012425

Die Geschichten sind den bisher in der Reihe
„Sonne, Mond und Sterne“ erschienenen Büchern entnommen.
Einband und Illustrationen vom Autor
Reproduktion: Domino Medienservice GmbH, Lübeck
Druck und Bindung: Offizin Andersen Nexö, Leipzig
Printed 2011
ISBN 978-3-7891-3308-4

www.olchis.de
www.oetinger.de

Inhalt

DAS IST EIN OLCHI

Ein Olchi hat Hörhörner.
Er hört Ameisen husten
und Regenwürmer rülpsen.

Die Knubbelnase riecht
gern Verschimmeltes und
faulig Stinkendes.

Olchi-Haare sind so hart,
dass man sie nicht mit
einer Schere schneiden
kann, sondern eine Feile
braucht.

Olchi-Augen fallen gerne
zu, denn ein Olchi ist
stinkefaul und schläft für
sein Leben gern, egal, ob es
Tag ist oder Nacht.

Olchi-Zähne knacken alles,
Glas, Blech, Plastik,
Holz oder Stein!

In Schlammpfützen
hüpfen die Olchis
gern herum.

Olchis freuen sich, wenn sie
im Müll leckere Sachen
finden. Sie essen und trinken
am liebsten Scharfes, Bitteres
und Ätzendes.

Ein Olchi wäscht sich nie.
Daher stinkt er fein faulig.
Fliegen lieben die Olchis, aber
ihr Mundgeruch lässt die
Fliegen oft abstürzen.

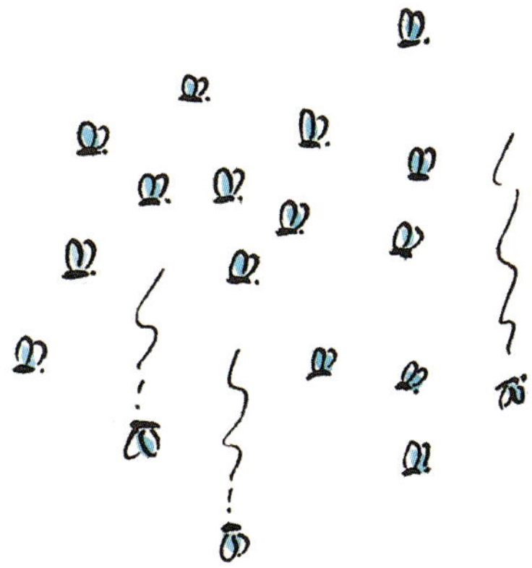

Olchis sind stark.
Einen Ziegelstein können
sie 232 Meter weit werfen.

In stinkigem Qualm fühlen
sich Olchis besonders wohl.
Auch Autoabgase atmen sie
gern ein.

Die Olchis
und der blaue Nachbar

Heimweh nach den blauen Bergen

„Neuer Müll, neues Glück“, sagt Olchi-Oma.
Die Olchis sind gerade auf einen anderen Müllplatz gezogen.
Es ist eine riesengroße prächtige Müllhalde, schön schmuddelig und oberolchig. Leere Dosen glänzen da in der Sonne. Gammelige Matratzen spiegeln sich in Schlammpfützen. Rostige Schirmgestelle wiegen sich im Wind.
Ein herrliches Plätzchen. Und die neue Olchi-Höhle ist eine

Wohnung mit Gebirgsblick, mit freier Sicht auf die Müllberge.
Olchi-Oma schaufelt einen Haufen Staub in die Wohnstube. Dabei rülpst sie so kräftig, dass ein paar Fliegen tot zu Boden fallen. Sie wirbelt mit dem Besen in dem Staubhaufen herum. So kann sich der Dreck schön im Zimmer verteilen. Jetzt verstreut sie noch Glasscherben und leere Fischdosen auf dem Fußboden.
„Schön sieht das aus“, lobt Olchi-Opa. „Ich fühl mich schon richtig zu Hause.“
Olchi-Papa und die Olchi-Kinder haben sich vor die Höhle gesetzt und genießen die Aussicht.
Olchi-Mama gähnt. Sie legt ein paar schimmelige Lappen in Obstkisten. Darin wollen sie heute schlafen. So ein Umzug ist doch ziemlich anstrengend. Deshalb wollen die Olchis heute schon sehr früh ins Bett.
Die Sonne ist noch nicht untergegangen, da liegen sie schon in ihren Kisten und schnarchen wie die Holzfäller.
Nur die Olchi-Kinder sind noch wach.
„Hör doch mal“, sagt das eine Olchi-Kind, „da draußen sägt was!“
Sie spitzen ihre Hörhörner und lauschen. „Komm, wir schauen mal nach.“
Sie klettern aus ihren Schlafkisten und laufen vor die Höhle.
„Jetzt sägt es nicht mehr, jetzt klopft es“, sagt das andere Olchi-Kind.

Das Klopfen kommt vom anderen Ende der Müllkippe. Dort stehen alte Fässer aufgetürmt zu einer Mauer. Leise schleichen sich die Olchi-Kinder an die Fassmauer heran und spähen vorsichtig über den Rand.
„Schleime-Schlamm-und-Käsefuß“, flüstert das eine Olchi-Kind, „da ist ja ein BLAUER Olchi!“
Tatsächlich. Ein blauer Olchi sitzt auf dem Boden. Er ist blauer als Blaubeeren, blauer als Blaukraut, blauer als das blaueste Blau des Ozeans. So blau wie ein Blaulicht. Und mit einem Hammer haut er Nägel in eine Kiste.
„Hallö!“, ruft der blaue Olchi den Olchi-Kindern zu. „Ihr seid wöhl die neuen Nachbarn!“
„Wohnst du auch hier?“, fragt das eine Olchi-Kind.

„Schön lange“, sagt der blaue Olchi, „aber ich will jetzt fört.“
„Was will er?“, fragt das eine Olchi-Kind. „Der redet so komisch.“
„Er will fort“, sagt das andere Olchi-Kind. „Er sagt ö statt o. Er ist nicht von hier.“
Der blaue Olchi greift nach einem Nagel und haut ihn seitlich in die Kiste.
Die Kiste sitzt auf einem alten Kinderwagengestell.
Daneben liegen ein Besenstiel, eine Säge, Bretter, Schnüre, Draht, ein Ofenrohr und ein Moped ohne Räder. Alles schön ordentlich nebeneinander aufgereiht.

„Ich bau mir einen ölchigen Hubschrauber“, sagt der blaue Olchi. „Will zurück nach Hause!“
„Woher kommst du denn?“, fragen die Olchi-Kinder. „Wieso bist du so blau? Olchis sind doch grün.“
„Vön den blauen Bergen kömme ich“, sagt der blaue Olchi. „Da sind alle Ölchis blau!“
„Wo sind denn die blauen Berge?“, fragt das eine Olchi-Kind.
„Weit weg“, sagt der blaue Olchi und hämmert weiter, „leider sehr weit weg.“
„Dürfen wir mitbasteln?“, fragt das eine Olchi-Kind.
„Ich kann gut sägen“, sagt das andere Olchi-Kind.
„Ich bastel nicht“, sagt der blaue Olchi, „ich könstruiere. Das ist sehr kömpliziert. Da kann ich keine kleinen Kinder gebrauchen. Ihr bringt mir bestimmt alles durcheinander.“
Sorgfältig legt er den Hammer neben die Säge.
Das kommt den Olchi-Kindern sehr merkwürdig vor.
„Wir müssen jetzt heim“, sagen sie. „Vielleicht kommen wir morgen wieder.“
„Ökay, ist gut“, sagt der blaue Olchi und zerrt an einer Schnur herum, die er um die Kiste gewickelt hat.

Ordnung ist ungemütlich

Am nächsten Morgen erzählen die Olchi-Kinder gleich vom neuen Nachbarn.
„Er sagt ‚Ölchi' statt ‚Olchi', und er konstruiert einen Hubschrauber, weil er heimfliegen will zu den blauen Bergen, und er ist ganz blau."
„Matsch mit Soße", sagt Olchi-Mama. „Olchis sind nicht blau, Olchis sind grün. Das habt ihr geträumt."

Da mischt sich Olchi-Opa ein:
„Natürlich gibt es blaue Olchis, Muffel-Furz-Teufel! Hab selber schon mal welche gesehen. Vor 200 Jahren war ich in den blauen Bergen. Tagelang bin ich da herumgestiefelt. Mit Rucksack, Seil und Haken. Wie ein richtiger Berg-Olchi. Und vom allerhöchsten blauen Berg hab ich mich abgeseilt. Plötzlich bin ich abgerutscht und 100 Meter tief gefallen."

„Spotz-Teufel! War das nicht gefährlich?“, rufen die Olchi-Kinder.
„Na ja“, erzählt Olchi-Opa weiter, „ich hing ja am Seil. Und wie ich da so rumhing, kam ein Erdbeben. Plötzlich bebte die Erde so stark, dass alle blauen Berge zusammenkrachten. Kein Stein blieb auf dem anderen. Nur mein Berg blieb als einziger stehen.“
„Das war aber Glück!“, rufen die Olchi-Kinder.
„Ein Riesenglück“, sagt Olchi-Opa.
„Alle blauen Berge waren nur noch ein einziger Schutthaufen! Zum Glück sind die blauen Olchis grausig ordentlich.
Sie haben sofort angefangen, aufzuräumen. Dabei haben sie mich gefunden und gerettet.
Und dann haben sie die vielen Steine fein säuberlich aufeinandergetürmt, bis die blauen Berge wieder so dastanden wie zuvor. Und so stehen sie wohl heute noch.“
„Schleime-Schlamm-und-Käsefuß! Hör auf mit deinen Geschichten“, sagt Olchi-Oma. „Du redest ja das Blaue vom Himmel herunter! Ich denke, wenn unser Nachbar blau ist, dann ist er krank. Bestimmt hat er was Frisches gegessen. Wie Olchi-Mama damals. Sie hatte doch auch ganz schlimme blaue Flecken!“
„Ich hatte blaue, gelbe und rote Flecken!“, sagt Olchi-Mama. „Das war was anderes. Und er ist bestimmt nicht krank, wenn er Hubschrauber bauen kann.“

„Furzegal“, sagt Olchi-Papa, „ich werd mir das alles mal ansehen. Hubschrauber haben mich schon immer interessiert.“

„Hallö!“, sagt da plötzlich eine Stimme. Der schmuddelige Türlappen wird zur Seite geschoben und der blaue Olchi steckt seine blaue Knubbelnase ins Zimmer.
„Brauchen Sie die Badewanne nöch, die da draußen steht? Öder kann ich sie haben?“
„Äh, meine Badewanne?“, sagt Olchi-Papa. „In der nehm ich immer mein Schlammbad.“
„Wofür brauchst du sie denn?“, fragt Olchi-Mama.
„Für meinen Hubschrauber!“, sagt der blaue Olchi.
„Von deinem muffelfurzigen Hubschrauber haben wir gehört“, sagt Olchi-Papa. „Würde mich sehr interessieren, das Ding.“

„Olchi-Papa ist nämlich ein großer Bastler“, sagt Olchi-Mama stolz.
„Wohnst du schon lange hier?“, will Olchi-Oma wissen.
„Schön 200 Jahre“, sagt der blaue Olchi. „Döch jetzt will ich wieder heim. Hab sö größes Heimweh bekömmen!“
„Heimweh nach den blauen Bergen!“, ruft Olchi-Opa. „Das kann ich gut verstehen!“
„Spotz-Teufel, dann helfe ich dir gern“, sagt Olchi-Papa.
„Das wär schön“, sagt der blaue Olchi.
Mit einem Mal bückt er sich und sammelt all die Glasscherben und Fischdosen auf, die Olchi-Oma im Zimmer verstreut hat.
„Was machst du da?“, ruft Olchi-Oma erstaunt. Der blaue Olchi legt alles sorgfältig nebeneinander zu einem Kreis. Zwei Dosen stellt er außen dran. Es sieht aus wie ein großes Ö.
„Ördnung muss sein“, sagt er und lacht. „Sieht viel besser aus sö, öder?“
Die Olchis sind sprachlos. Ordnung ist für sie fast so schlimm wie Parfümgeruch.
Die Olchis starren auf die schreckliche Ordnung und Olchi-Mama sagt nur: „Muffel-Furz-Teufel. Du hast aber Ideen.“
„Aber das mach ich döch gern!“, ruft der blaue Olchi und verabschiedet sich.
„Alsö, dann bis später!“, sagt er. „Und vielen Dank für die Wanne!“

„Bei meinen grätzigen Stinkesocken!“, sagt Olchi-Opa. „Habt ihr so was schon mal gesehen?“
„Der geht mir auf die Nerven“, sagt Olchi-Oma. Und mit dem Fuß schubst sie die Scherben und Dosen schnell wieder in alle Richtungen.
Am nächsten Tag schlurft Olchi-Opa als Erster aus der Höhle. Er reckt und streckt sich und blinzelt in die Morgensonne. Plötzlich erschrickt er. Er reibt sich die Augen und kann nicht glauben, was er da sieht.
„Schlapper Schlammlappen!“, ruft er aus. „Seht euch das an!“
Die Olchis stürzen aus der Höhle, um zu sehen, warum Olchi-Opa so schreit.
Dann stehen alle wie angewurzelt da.

Keiner sagt ein Wort. Um die Höhle herum ist der Müll schön ordentlich gestapelt. Kisten, Blecheimer, Büchsen, Reifen, Schuhsohlen und anderer Krempel. Alles ist sorgfältig aufeinandergestellt. Viele kleine und große Mülltürme sind da rund ums Haus verteilt.
Alles sieht schrecklich ordentlich aus. Das Schlimmste aber ist die Schlammpfütze. Das ist jetzt keine Pfütze mehr. Eher eine rechteckige Schlammgrube. Mit Rändern, so gerade wie mit dem Lineal gezogen.

„Überraschung!“, ruft es plötzlich. Der blaue Olchi steht neben einem der Mülltürme und grinst. „Hab Ihnen einen Schwimmingpööl gebaut und ein wenig Ördnung gemacht. Als Dank für die Badewanne!“, ruft er.
„So eine Sauerei ...“, murmelt Olchi-Oma.
„Schleime-Schlamm-und-Käsefuß!“ Olchi-Mama räuspert sich. „Das wäre wirklich nicht nötig gewesen“, sagt sie.
„Ich wusste, dass es Ihnen gefällt“, ruft der blaue Olchi. „Nicht der Rede wert!“
„So kann das nicht weitergehen“, flüstert Olchi-Oma dem Olchi-Papa ins Hörhorn. „Sieh nur zu, dass er seinen Hubschrauber bald fertig hat.“
Und Olchi-Papa hilft beim Hubschrauber-Bauen kräftig mit. Jeden Tag hämmert er mit dem blauen Olchi an dem Ding herum.
Auf dem Kinderwagengestell steht jetzt Olchi-Papas Badewanne und auf der Wanne ist die Kiste montiert. Darauf steht ein alter Hocker, der soll die Stange mit dem Propeller halten. Das Schwierigste aber ist der Motor. Den alten Moped-Motor müssen sie irgendwie an der Kiste anbringen und mit dem Propeller verbinden. Das ist sehr kompliziert und sehr anstrengend.
Deshalb muss sich Olchi-Papa öfter mal ausruhen. Dann sitzt er mit dem blauen Olchi stundenlang herum und sie blinzeln in die Sonne. Der blaue Olchi erzählt dann von den blauen Bergen und von seinem Heimweh. So viel Erzählen

macht durstig. Dann holt er ein paar Dosen Stinkerbrühe aus der Wohnung. Und wenn die Dosen leer getrunken sind, stellt er sie aufeinander. Drei hohe Dosentürme stehen schon da. Und es sieht fürchterlich ungemütlich aus, genau wie in der Wohnung vom blauen Olchi. Überall liegen ordentliche Haufen herum: Haufen mit Scherben, Haufen mit Staub und Haufen mit Plastiktüten. Sogar ein Häufchen toter Fliegen liegt in der Ecke.

Ein komischer Kauz, denkt Olchi-Papa. Er kann einem ja leidtun. Das kommt davon, wenn man zu lange allein ist. 200 Jahre alleine auf dem Müllberg. Da muss man ja verschroben werden.

„Muffel-Furz-Teufel“, sagt Olchi-Papa zum blauen Olchi, „komm doch heute mal zum Essen zu uns. Es gibt

Turnschuhsohlen mit Schlammknödeln, glaub ich. Und danach machen wir Hausmusik. Spielst du ein Instrument?"
„Das nicht", sagt der blaue Olchi, „aber ich bin ein guter Dirigent. Kann alles dirigieren. Auch Hausmusik!"
„Na wunderbar", sagt Olchi-Papa. „Dann kömm – äh – komm doch einfach mit."

Die Olchis räumen auf

Als Olchi-Papa mit dem blauen Olchi zur Olchi-Höhle kommt, haben die Olchi-Kinder schon längst angefangen. Sie werfen sich die Schlammknödel gegenseitig in den Mund.

Olchi-Opa liegt unter dem Tisch und schnarcht.

Olchi-Mama füttert Olchi-Baby mit Fischgräten, damit es aufhört zu plärren.
Olchi-Oma streut Sägemehl über die Schuhsohlen, die auf den Tellern liegen.
„Ölchigen Appetit allerseits“, sagt der blaue Olchi und setzt sich neben Olchi-Papa an den Tisch.
„Darf ich helfen?“, sagt er zu Olchi-Oma.
Er nimmt ein Messer und schneidet die Schuhsohlen in einundzwanzig genau gleich große Stückchen. Die legt er fein säuberlich nebeneinander auf die Teller. „Sö ist es schön“, sagt er, „das Auge isst mit.“
„Jetzt fängt der schon wieder an“, brummt Olchi-Oma.
Aber dann legen die Olchis los. Sie schmatzen und rülpsen, schlabbern und schlürfen, wie es sich für Olchis gehört.

Auch der blaue Olchi schmatzt kräftig mit. Nur seine Rülpser hören sich ein bisschen anders an. Irgendwie ordentlicher.
Nach dem Essen verteilt Olchi-Papa die Instrumente.
„Juhu! Spielen wir das Olchi-Lied!“, rufen die Olchi-Kinder. Olchi-Oma und Olchi-Opa knallen Topfdeckel aneinander, Olchi-Mama bläst in eine alte Gießkanne, die Olchi-Kinder schrubben auf einem Waschbrett herum und Olchi-Papa schlägt mit dem Löffel auf eine leere Flasche.

„Fliegenschiss und Olchi-Furz,
das Leben ist doch viel zu kurz!
Wir lieben Schlick und Schlamm und Schleim,
das Leben kann nicht schöner sein!“,

singen sie. Schön falsch und herrlich durcheinander.
„Stöpp! Stöpp!“, ruft der blaue Olchi. „Nöch mal vön vörne, bitte!“
Er steigt auf den Stuhl und schwingt den Kochlöffel wie einen Dirigentenstab.

„Bitte, ich gebe den Einsatz. Drei, vier ...“, zählt er.
Da legen die Olchis erst richtig los. Der blaue Dirigent fuchtelt wild mit dem Kochlöffel, aber die Olchis sind nicht mehr zu bremsen. Sie hüpfen auf dem Tisch herum, schlagen wild

auf ihre Instrumente ein und grölen aus vollem Hals. Ein paar Fliegen stürzen tot zu Boden und der blaue Olchi hält sich die Hörhörner zu.
Als die Olchis dann noch mal von vorn anfangen, hält es der blaue Olchi nicht mehr aus. So schnell, wie Olchis nur rennen können, saust er davon.
„Was hat er denn?“, fragt Olchi-Mama.
„Er versteht nichts von Musik“, sagt Olchi-Papa. „Er ist unmusikalisch. Psst. Seid mal leise“, sagt er mit einem Mal. „Ich hör da was. Das ist doch der Hubschrauber.“
Die Olchis lauschen.
„Er startet schon!“, ruft Olchi-Oma.
Olchi-Papa stürzt aus der Höhle. „Spotz-Teufel, es ist ein Lastwagen!“
„Tatsächlich!“, schreit Olchi-Mama. „Schau nur, wo er hinfährt.“

Der Lastwagen fährt genau auf die Wohnung vom blauen Olchi zu. Dort hält er an. Es scheppert und poltert und ein riesiger Berg Schrott rutscht von der Ladefläche. Der Schrott fällt genau auf die Höhle vom blauen Olchi.
„Schleimiger Schlammlappen!“, schreit Olchi-Papa. „Sie schütten ihn zu! Wir müssen ihn retten!“
Die Olchis rennen los.
Wo gerade noch die ordentliche Olchi-Höhle stand, liegt jetzt nur noch ein riesiger Schrotthaufen.

„Irgendwo da unten muss er sein!“, ruft Olchi-Papa und deutet auf den Schrotthaufen. „Der arme Kerl. Los, helft mir mal!“

Die Olchis räumen einen alten Kotflügel zur Seite, ein schweres Bettgestell, eine Herdplatte und ein paar rostige Bleche. Dann haben sie den blauen Olchi entdeckt. Olchi-Papa bekommt seinen rechten Fuß zu fassen und zieht ihn heraus.

Der blaue Olchi sieht ziemlich mitgenommen aus. Eines seiner Hörhörner ist geknickt und die blaue Knubbelnase zerkratzt. Er hustet und spuckt und wischt sich den Staub von der Hose. Wie ein Häuflein Elend steht er da.

„Alles halb so schlimm“, sagt Olchi-Papa. „Dein Hubschrauber ist ja noch heil. Spotz-Teufel, dem ist nichts passiert!“

„Aber es ist schrecklich“, jammert der blaue Olchi. „Alles ist kaputt. Und ich wöllte döch mörgen lös.“
„Der Hubschrauber ist doch fertig“, sagt Olchi-Papa. „Wir brauchen nur noch Benzin. Dann fliegst du los. Wo ist das Problem?“
„Ich kann aber sö nicht wegfliegen“, sagt der blaue Olchi. „Kann unmöglich sö eine Unördnung zurücklassen. Muss vörher alles aufräumen!“
„Du willst DAS alles wegräumen?“, rufen die Olchis entsetzt. „Den ganzen Schrott?“
„Natürlich“, sagt der blaue Olchi. „Den ganzen Schrött. Muss die Wöhnung wieder sauber machen. Alles ördentlich stapeln.“
„Jetzt ist er völlig verrückt geworden!“, ruft Olchi-Oma.

„Deine Wohnung sieht doch jetzt viel olchiger aus. Ich verstehe das nicht."
„Sie verstehen überhaupt nichts", sagt der blaue Olchi. „Ich muss die Wöhnung immer sauber hinterlassen. Erst dann kann ich weg."
„Das darf doch nicht wahr sein!", ruft Olchi-Oma. „Er will alles aufräumen. Das dauert ja ewig. Das schafft der nie."
„Ich kann nicht anders", sagt der blaue Olchi.
Da meint Olchi-Papa: „Schleimiger Schlammlappen, wenn das so ist, dann sollten wir ihm helfen. Sonst sitzt er ja in ein paar Jahren noch hier herum."

„Du meinst, WIR sollen sauber machen und Müll stapeln?“, ruft Olchi-Oma entsetzt.
„Hör zu, Oma“, flüstert ihr Olchi-Papa ins Hörhorn, „wenn wir ihm nicht helfen, werden wir ihn nie los.“
„Grätziger Grützbeutel, ich tu so was nicht!“, knurrt Olchi-Oma. „Das gehört sich nicht für einen Olchi, das wisst ihr genau. Ich ordne keinen Müll!“
Olchi-Oma setzt sich auf einen Autoreifen und schmollt.

Auch die anderen Olchis sind nicht gerade begeistert. Doch Olchi-Papa sagt: „Schluss jetzt! Matsch mit Soße. Wir helfen ihm. Allein schafft er es nie.“ Und dann räumt er ein Stück Blech zur Seite.
„Was tut man nicht alles für seine liebe Ruhe“, sagt Olchi-Mama und verdreht die Augen.
Dann fassen alle kräftig mit an. Auch Olchi-Oma. Sie flucht und schimpft dabei, dass es eine Freude ist: „Käsewurm und Krötenfurz, glibberige Giftkübel!“
Zuerst legen die Olchis die Wohnung wieder frei. Sie sortieren, ordnen, türmen und häufeln.
„Mama, uns ist schlecht“, jammern die Olchi-Kinder.
„Macht weiter“, sagt Olchi-Mama, „bald haben wir's hinter uns.“
Sie stapeln Fässer und kehren Schmutz zusammen. Dann stellen sie die Dosen aufeinander und aus den Kisten und Pappen entsteht eine Säule am Eingang.
„Das sieht ja schrecklich aus“, brummt Olchi-Oma.
„Absolut grauenvoll“, sagt Olchi-Papa und hält sich die Augen zu.
„Wir müssen verrückt sein“, murmelt Olchi-Oma, „total verrückt!“
Endlich sind sie fertig.
„Schön ist es gewörden“, sagt der blaue Olchi erleichtert. „Ich danke Ihnen sehr!“
„Nichts zu danken“, sagt Olchi-Papa. „War doch nur ein

Klacks. Jetzt müssen wir nur noch Benzin auftreiben für den Hubschrauber. Dann kannst du abdüsen!“
Eine ganze Weile graben und buddeln die Olchis im Müllberg herum. Dann endlich findet Olchi-Papa einen rostigen Kanister. Eine scharf riechende Flüssigkeit ist darin. Olchi-Papa nimmt ein Probeschlückchen. Er leckt sich die Lippen und sagt: „Das ist Benzin! Spotz-Teufel, ich fress ein Bonbon, wenn es damit nicht funktioniert!“
Auch Olchi-Opa probiert: „Nicht schlecht“, sagt er. „Aber Fahrradöl schmeckt besser!“
Olchi-Papa schüttet das ganze Zeug in den Hubschrauber-Tank.
„Endlich kann es lösgehen“, ruft der blaue Olchi. Er klettert

in die Badewanne und schnallt sich an. Er ist jetzt richtig reisefiebrig. „Hab ich auch nichts vergessen?“, sagt er. „Ich bin tötal nervös.“

„Alles in Ordnung“, beruhigt ihn Olchi-Mama. „Hier, nimm noch ein wenig Proviant mit.“ Sie reicht ihm eine Plastiktüte mit Kalkplätzchen.

„Danke sehr!“, sagt der blaue Olchi. „Alsö dann auf Wiedersehen! Und besuchen Sie mich mal!“ Mit der einen Hand winkt er den Olchis zu und mit der anderen zieht er an der Startschnur.
W U M M !, macht es.
Der Hubschrauber ist mit einem lauten Knall explodiert. Die Teile fliegen durch die Gegend. Dicke Rauchwolken hängen in der Luft.
Die Badewanne ist in zwei Teile zersprungen. In dem einen Teil sitzt der blaue Olchi und reibt sich den Staub aus den Augen.
„War wohl doch das falsche“, sagt Olchi-Opa zu Olchi-Papa. „Jetzt musst du ein Bonbon fressen!“
„Wie kömme ich jetzt heim?“, jammert der blaue Olchi. „Jetzt ist alles aus. Jetzt hab ich nöch mehr Heimweh!“
„Nur nicht den Mut verlieren!“, sagt Olchi-Opa. „Es gibt immer eine Lösung. Vor 400 Jahren saß ich am Nordpol mal auf einer einsamen Eisscholle. Ich dachte, es geht mit mir zu Ende. Doch in letzter Sekunde, da …“
„Hör auf mit deinen Geschichten!“, unterbricht ihn Olchi-Oma. „Denk lieber nach, was wir machen können!“
„Ich hab’s!“, ruft das eine Olchi-Kind. „Er kann ja unseren Feuerstuhl nehmen!“
„Muffel-Furz-Teufel!“, ruft Olchi-Papa. „Dass wir da nicht schon eher draufgekommen sind!“
„Wer ist denn Feuerstuhl?“, will der blaue Olchi wissen.

„Das ist unser Flugdrache“, erklärt Olchi-Papa. „Wenn der gut in Form ist, dann fliegt er überallhin. Wir müssen ihn nur wecken. Er schläft schon wieder seit Tagen.“
Und Olchi-Papa läuft los, um Feuerstuhl wach zu rütteln. Der hat sich irgendwo am hinteren Ende der Müllhalde verkrochen.
Feuerstuhl ist ein sehr gutmütiger Drache und hat nichts gegen einen kleinen Ausflug zu den blauen Bergen. Er streckt und reckt sich und stößt ein paar gelbe Rauchwolken aus.
Und dann klettert der blaue Olchi auf seinen breiten Rücken.
Olchi-Papa erklärt ihm noch, wie der Drache zu lenken ist und dass er „Spotz-Rotz“ rufen muss als Zeichen zum Start.
Dann hebt Feuerstuhl ab.

Die Olchis winken dem blauen Olchi lange nach. So lange, bis er in einer Regenwolke verschwunden ist.
„Sö“, sagt Olchi-Mama und lacht. „Jetzt ist döch nöch alles gut!“
Sie freut sich, dass der blaue Olchi so schönen Hausrat hinterlassen hat.
Besonders ein rostiges Sieb und den alten Ofen kann sie gut gebrauchen.

Olchi-Opa freut sich, weil ihm der blaue Olchi versprochen hat, eine Postkarte von den blauen Bergen zu schicken.
Die Olchi-Kinder freuen sich über eine Kiste, die im Wohnzimmer vom blauen Olchi steht.
Sie ist bis zum Rand mit Goldmünzen gefüllt. (Erstaunlich, was man im Müll so alles findet!) Die Münzen können die Olchi-Kinder prima über die Schlammpfützen flippen lassen. Viel besser als Kieselsteine.
Und alle Olchis freuen sich, dass jetzt endlich wieder oberolchige Unordnung herrschen kann.
Nur die Wohnung vom blauen Olchi soll als Andenken so bleiben, wie sie ist. Nämlich sehr, sehr ordentlich.
Schleime-Schlamm-und-Käsefuß!

Die Olchis fliegen in die Schule

Ein verteufelt muffeliger Morgen

Die Höhle der Olchis liegt genau zwischen der Müllgrube und der Autobahn. Wenn der Wind von Osten weht, riecht es nach verfaulten Eiern, ranzigem Fisch und ähnlichen wundervollen Dingen. Dann freuen sich die Olchis, denn sie mögen diesen feinfauligen Duft ganz besonders gern.
Heute jedoch ist es völlig windstill. Kein Grashalm bewegt sich. Die Sonne scheint so warm, wie sie kann, und kein Wölkchen steht am Himmel. Eigentlich ein wunderschöner Sommertag.
„Muffel-Furz-Teufel, was für ein elendes Mieswetter“, grummelt Olchi-Opa.

Er kann Sonnentage nicht leiden. Viel lieber mag er Regenwetter. Mistwetter, dass man in die Regenpfützen platschen und durch den Schlamm schlappern kann. Alles schön aufgeweicht und matschig, das ist Olchi-Wetter.
„Muffel-Furz-Teufel!“, schimpft Olchi-Opa noch einmal. Dabei schaut er durch den Vorhang nach draußen und kneift die Augen zu. Er kaut verdrießlich an seiner abgenagten Knochenpfeife.
Die ganze Olchi-Familie hockt muffelig in der Höhle herum. Was kann man schon anstellen an so einem versonnten Miestag?

„Dieses ewige Herummuffeln macht mich kotzteufelig schlapp!“, brummt Olchi-Opa.
„Ist doch schön, wenn du schlapp bist“, sagt Olchi-Mama, „dann ruh dich ein bisschen aus.“
Sie gibt Olchi-Baby einen Schnullerstein zum Lutschen, damit es endlich aufhört zu schreien.
„Käsiger Läusefurz, ich will Abenteuer!“, ruft Olchi-Opa. „Ich will mal wieder Abenteuer so wie früher! Vor 300 Jahren! Das waren noch aufregende Zeiten!“
„Was hat dich aufgeregt, Opa?“ Die Olchi-Kinder spitzen die Hörhörner. „Was hat dich denn aufgeregt vor 300 Jahren?“
„Na, da hab ich die Abenteuer geliebt, beim Kröterich! Als ich so alt war wie ihr, da war ich der grätigste Abenteuer-Olchi jenseits der Müllberge. Das könnt ihr mir glauben. Muffel-Furz-Teufel!“
„Los, Opa, dann erzähl uns doch mal was!“, sagt das eine Olchi-Kind. Wenn Olchi-Opa erzählt, ist das fast so schön wie Schlammpfützen-Springen.
„Ja, was soll ich da groß erzählen“, sagt Olchi-Opa. „Ich erinnere mich an einen miesen Sonnentag wie heute. Da hab ich ein tiefes Loch gegraben. Ich hab mich durch die Erde gebuddelt, bis ich auf der anderen Seite wieder rausgekommen bin. In Australien. Schleime-Schlamm-und-Käsefuß! Wie ein Maulwurf bin ich da aus dem Boden gekrochen. Die Kängurus waren ganz aus dem Häuschen. Vor Schreck sind sie sich gegenseitig in die Beutel gehüpft.“

„Ach, du mit deinen alten Geschichten!“, mischt sich Olchi-Oma ein. Sie legt eine Schallplatte auf ihr Grammofon und steckt den Kopf in den Trichter. Das macht sie immer, wenn ihr etwas auf die Nerven geht.

„Los, erzähl weiter!", drängen die Olchi-Kinder.
„Also, schließlich hab ich mich mit einem Känguru angefreundet", erzählt Olchi-Opa weiter. „Ich hab mich in seinen Beutel gesetzt und es ist mit mir durch die Gegend gehüpft. Dann ist es über einen Kaktus gesprungen und genau in dem Moment wurde ich rausgeschleudert!"
„Ach du schleimiger Schlammbeutel!", rufen die Olchi-Kinder. „Hast du dir wehgetan?"
„Ach was", beruhigt sie Olchi-Opa, „ich war nicht so zimperlich! Hab mir die Kaktus-Stacheln einfach wieder aus dem Hintern gezogen. Mit den Stacheln, einem Stück vom Kaktus und einer Handvoll Wüstensand hab ich dann einen erstklassigen Teufel-Furz-Muffler gebastelt."
„Was ist denn das für ein Ding?", fragt das eine Olchi-Kind.

Olchi-Opa grinst. „Ein Teufel-Furz-Muffler? Tja, der muffelt und furzt eben wie der Teufel! Und besonders bei Gegenwind. Und besonders in Australien."
„Und was hast du dann gemacht?"
„Dann bin ich nicht mehr eingestiegen in den Känguru-Beutel. Mir war immer noch schlecht von der Schaukelei. In so einem Känguru schlingert es wie in einem alten Dampfschiff!"
„Warst du mal auf einem Dampfschiff?", will das eine Olchi-Kind wissen.
„Na klar. Vor 150 Jahren bin ich jeden Tag über die sieben Weltmeere gesegelt. Immer wieder hin und her und her und hin. Jeden Haifisch hab ich persönlich gekannt. Schlapper

Schlammlappen, das waren noch Abenteuer!“ Olchi-Opa beißt ein Stück von seiner Knochenpfeife ab und spuckt es in die Ecke.
„Wir erleben leider nie Abenteuer“, sagen die Olchi-Kinder enttäuscht.
Jetzt mischt sich auch noch Olchi-Papa ein. „Also, dann spielt doch ein bisschen in der Müllgrube“, schlägt er vor. „Vielleicht buddelt ihr ein schönes Loch wie der Opa.“ Olchi-Papa hockt in seiner alten Obstkiste und lacht.

„Ja, spielt auf dem Müllberg“, sagt Olchi-Mama, „die schlechte Luft dort wird euch guttun!“ Und sie schiebt die beiden Olchi-Kinder aus der Höhle.

Olchi-Kinder haben keine Angst

Draußen stehen die Olchi-Kinder ein wenig ratlos herum. „Wo sollen hier Abenteuer sein? Die Müllkippe ist furzlangweilig“, brummt das eine Olchi-Kind.
„Sogar die verlausten Schlammgruben sind alle ausgetrocknet!“, meckert das andere Olchi-Kind.
Die Olchi-Kinder klappen das große Garagentor auf. Feuerstuhl, der grüne Drache, blinzelt ihnen schläfrig entgegen.
Er kriegt die Augen kaum auf, denn gerade hat er sein Morgenschläfchen gehalten.
„Los, wir fliegen eine Runde mit ihm!“, schlägt das eine Olchi-Kind vor. „Traust du dich?“
Die Olchi-Kinder sind noch nie alleine mit Feuerstuhl geflogen. Seine schuppige Drachenhaut ist sehr glatt, da kann man leicht abrutschen und herunterfallen.
Sie führen Feuerstuhl aus der Garage und stapeln zwei alte Ölfässer übereinander. So können sie leicht auf seinen Rücken klettern.
„Spotz-Rotz!“, rufen die Olchi-Kinder. So macht es auch Olchi-Papa immer. Das ist das Signal und der Drache donnert los.
Er stößt ein paar gelbe Stinkerwolken aus und dröhnt wie

ein kaputter Staubsauger. Dann steigt er hoch in den Himmel.
Die Olchi-Kinder krallen sich ganz fest in seine schuppige Haut. Ihr Olchi-Herz klopft ihnen bis zum Hals.
Feuerstuhl gibt Gas. Er spotzt und zischt und schnaubt, er macht einen doppelten Looping, wird schneller und schneller und steigt höher und höher. Tief unten sehen sie jetzt die Müllkippe liegen und weiter hinten die ausgetrockneten Schlammpfützen.

Schließlich taucht der Drache in eine dicke weiße Wolke ein. Da ist es so nebelig, dass die Olchis kaum mehr die Spitze ihrer Knubbelnase sehen können.
„Feuerstuhl, du bist zu hoch!“, rufen sie, so laut sie können. Der Drache macht einen Höllenlärm. Er faucht kurz und dann saust er im Sturzflug wieder nach unten.
Fast wären die Olchi-Kinder abgerutscht. Im letzten Moment können sie sich an Feuerstuhls Flügeln festklammern.
„Feuerstuhl, du bist zu schnell!“, brüllen die Olchi-Kinder. Vor Schreck sind ihre Nasen ganz blass geworden und der Fahrtwind hat ihnen die Hörhörner weit nach hinten gebogen. Endlich fliegt der Drache ein wenig langsamer und nicht mehr ganz so hoch.
„Feuerstuhl, du sollst nicht immer übertreiben, wenn du gute Laune hast!“, schimpft das eine Olchi-Kind.

„Pft, pft, pft …“, macht Feuerstuhl.
So hört sich das an, wenn Drachen kichern.
Plötzlich sehen sie die Häuser der Stadt unter sich auftauchen.

„Schau mal, da unten!“, ruft das eine Olchi-Kind. „Wieso sind da so viele Kinder?“
„Wir müssen hin und nachsehen!“, ruft das andere Olchi-Kind. „Los, Feuerstuhl, geh runter!“ Die Olchis haben die Grundschule von Schmuddelfing entdeckt. Gerade ist die Pause vorbei und der Schulhof leert sich. Die Kinder müssen zurück in ihre Klassenzimmer.
Feuerstuhl schwebt nach unten und landet zwischen den Autos auf dem Lehrer-Parkplatz.
„Feuerstühlchen, du wartest hier. Wir wollen nachsehen, was da los ist!“, sagen die Olchi-Kinder.
Natürlich haben sie keine Ahnung, was eine Schule ist. Neugierig tippeln sie hinter den Kindern her ins Schulhaus.
Sie laufen durch die breite Flügeltür, am Kakao-Automaten vorbei, dann an der Wand entlang, wo die Bilder der 2c hän-

gen. (Wir malen einen Früchtekorb, heißen die Bilder.) Dann geht es die breite Treppe hoch in den ersten Stock, wo die Klassenräume sind. Vor einem großen gläsernen Schrank bleiben die Olchis stehen. Ausgestopfte Vögel, Mäuse, Wiesel und Lurche sind darin zu sehen. Und sogar ein richtiger Fuchs!

„Ach, du schlapper Schlammlappen, sie töten hier Tiere!“, flüstert das eine Olchi-Kind aufgeregt. „Spotz-Teufel, ist das gruselig!“

Sie sehen, wie die Kinder in ihren Klassenzimmern verschwinden. Kurz bevor die letzte Tür zugemacht wird, schlüpfen die beiden Olchis mit hinein – ins Zimmer der Klasse 3 b.

Kaum haben die Kinder die Olchis entdeckt, entsteht ein riesiges Durcheinander.
„Die Olchis sind da! Das sind Olchis!“, schreit Sabine. Sie hat schon oft von den Olchis gehört und gelesen.
Die Schulkinder sind begeistert. Ein paar ganz mutige zupfen sogar an den steifen Olchi-Haaren und streichen mit dem Finger über die grüne Olchi-Haut.

„Iiih, wie Tintenfisch!“, sagt Florian und zieht schnell die Hand zurück.
„Manno, wie die stinken!“, ruft Larissa und hält sich die Nase zu.
„Wenn Frau Nudel kommt, fällt sie in Ohnmacht!“, sagt Leo.
Frau Nudel ist die Musiklehrerin. Eigentlich heißt sie Frau Trudel, aber Nudel finden die Kinder natürlich lustiger.

„Wenn Frau Nudel kommt, sagen wir, dass ihr die Neuen seid!“, sagt Johannes aufgeregt. „Das wird echt cool!“
Sie schieben die Olchi-Kinder nach hinten in die leere Bank. Weil die Olchis so klein sind, können sie kaum über den Tischrand sehen. Ihre grünen Knubbelnasen liegen wie dicke Gewürzgurken auf der Tischplatte.
„Hast du Angst?“, flüstert das eine Olchi-Kind.
„Noch nicht!“, flüstert das andere Olchi-Kind zurück.
Und dann geht die Tür auf und Frau Nudel kommt herein.

„Florian, würdest du bitte das Fenster öffnen!", sagt Frau Nudel. „Es stinkt hier ja wie in einer Mülltonne!" Die Kinder kichern. Florian steht auf und öffnet das Fenster.
„Das sind die Olchis, die so stinken!", ruft Sabine, die immer ein wenig vorlaut ist.
„Ruhe!", sagt Frau Nudel. „Bitte holt eure Blockflöten heraus. Als Erstes spielen wir heute unsere Flöten-Übungen. Dann werden wir zusammen ein neues Lied lernen. Sabine, kannst du bitte gleich mal anfangen mit …"
„OOAAAHRR!", hört man plötzlich einen schrecklichen Rülpser aus den hinteren Reihen.
„Wer war das?", will Frau Nudel wissen. Die Kinder kichern. Als Frau Nudel „Mülltonne" gesagt hat, da hat das eine Olchi-Kind plötzlich Hunger bekommen. Und wenn ein Olchi Hunger hat, dann gibt er komische Geräusche von sich.
Jetzt hat Frau Nudel die Olchis entdeckt. „Wa… Wa… Was ist das?", stammelt sie und ihr ausgestreckter Arm zeigt auf die kleinen grünen Wesen.
„Das sind die Olchi-Kinder", sagt Johannes. „Das sind die Neuen!" Frau Nudel steht wie angewurzelt da.
Sie nimmt ihre Brille ab und reibt sich die Augen. Dann setzt sie ihre Brille wieder auf.

„Äh, ja, ach so“, sagt sie. „Die Olchi-Kinder. Natürlich.“
Sie tut jetzt so, als wäre das alles ganz normal.
„Wenn ihr neu seid, dann muss ich euch aber sagen, dass man hier in der Klasse nicht rülpst. Außerdem bitte ich euch, mir erst mal eure Namen zu sagen!“
„Ich bin das eine Olchi-Kind“, sagt das eine Olchi-Kind.
„Ich bin das andere Olchi-Kind“, sagt das andere Olchi-Kind.
„Soso“, sagt Frau Nudel, „na ja, wir werden ja sehen.“
Sie geht zurück zum Lehrerpult und holt ein paarmal tief Luft. „Hattet ihr schon einmal Flöten-Unterricht?“, will sie von den Olchis wissen.

„Schleime-Schlamm-und-Käsefuß!“, sagt das eine Olchi-Kind.
„Was heißt hier Käsefuß?“ Frau Nudel zieht die Augenbrauen hoch. „Los, Larissa, leih den Olchi-Kindern mal deine Flöte. Ich möchte gerne wissen, wie weit sie schon sind.“
Larissa gibt dem einen Olchi-Kind ihre Flöte und Frau Nudel sagt: „Spiel uns doch einfach mal ein paar Töne vor!“
Das Olchi-Kind packt die Flöte mit beiden Händen und beißt ein Stück davon ab. Dann zerkruspelt es das ganze Instrument wie eine Salzstange.
„Schmeckt gut!“, sagt das Olchi-Kind und leckt sich die Lippen.
Die Kinder klatschen begeistert Beifall, johlen und schreien wild durcheinander.
„Ruuuhe!“, ruft Frau Nudel. „Sofort ist hier Ruhe!“

„Meine Flöte!“, jammert Larissa. „Die haben meine Flöte gefressen!“
Frau Nudel sagt: „Ich verbitte mir solch dumme Späße! So geht das doch nicht!“
Dann schaut sie dem Olchi-Kind ganz streng in die Augen. „Was fällt dir ein, so mit wertvollen Instrumenten umzugehen!“, ruft sie. „So geht das wirklich nicht. Also, ihr beiden, wie steht es denn mit Singen? Könnt ihr mir wenigstens ein Lied vorsingen?“
„Logo“, sagt das eine Olchi-Kind, „das Olchi-Lied in drei Katastrophen.“
„Gut“, sagt Frau Nudel, „gut. Die Olchi-Kinder singen jetzt ein Lied für uns in drei Strophen.“

„Erste Katastrophe", sagt das Olchi-Kind. Die Olchis hüpfen auf die Schulbank und reißen ihre Olchi-Münder weit auf. Das stinkt so, dass ein paar Fliegen tot auf den Boden fallen.

Dann singen die Olchis:

1. Katastrophe:
Fliegenschiss und Olchi-Furz,
das Leben ist doch viel zu kurz!
Wir lieben Schlick und Schlamm und Schleim,
das Leben kann nicht schöner sein!

2. Katastrophe:
Wenn wir Stinkerbrühe trinken
und in Matschlöchern versinken,
fühlen wir uns muffelwohl.
Das Leben ist doch wundervoll!

„Das reicht!“, ruft Frau Nudel dazwischen. Doch die Olchis sind jetzt richtig in Fahrt und schon geht es weiter:

3. Katastrophe:
Muffel-Furz und Müllberg-Schlecker,
Abfall schmeckt doch wirklich lecker!
Schleime-Schlamm-und-Käsefuß –
das Leben ist ein Hochgenuss!

„Ich möchte nicht, dass in meinem Unterricht so schreckliche Lieder gesungen werden!“, sagt Frau Nudel streng. Sie läuft auf die Olchis zu und stößt dabei so heftig gegen den Tisch von Johannes, dass ein Glas mit Erde und Regenwürmern auf den Boden kracht und die Regenwürmer in alle Richtungen fliegen.

„Meine schönen Würmer!“, ruft Johannes.
Er hat sie extra für den Sachkunde-Unterricht mitgebracht.
Wie der Blitz flitzen die Olchis los.
Sie kriechen auf allen vieren, und schnell wie zwei Staubsauger schlecken sie die ganze Erde vom Boden weg. Sie zerkauen die Glasscherben und den Metalldeckel, und sie mampfen, schmatzen und rülpsen, dass es eine Freude ist.

Nur die Würmer lassen sie liegen, denn Olchis essen keine Tiere.
„Du liebe Güte!“, ruft Frau Nudel besorgt. „Hoffentlich bekommt ihr davon kein Bauchweh!“
„Wir haben nie Bauchweh!“, sagt das eine Olchi-Kind und pupst ein paarmal kräftig.
„Na, das wollen wir hoffen“, seufzt Frau Nudel und fächelt sich frische Luft zu.
Dann holt sie einen leeren Joghurtbecher aus dem Regal und gibt ihn Johannes. Er soll seine Regenwürmer wieder einsammeln.
Das andere Olchi-Kind schaut mit hungrigen Augen auf das lange Lineal, das da auf dem Lehrerpult liegt.
„Nicht auch noch mein Lineal!“, ruft Frau Nudel entsetzt. Sie packt das Lineal und sieht jetzt aus wie eine Kämpferin mit ihrem Schwert.
„Setzt euch sofort wieder auf eure Plätze!“, befiehlt sie den Olchi-Kindern.
Die Olchis hüpfen – schwupp! – mit einem Satz aufs Fensterbrett und rufen:
„Schleime-Schlamm-und-Käsefuß!
Schule ist ein Hochgenuss!“
Sie winken noch kurz zum Abschied und springen dann beide gleichzeitig aus dem Fenster, viereinhalb Meter hinunter in den Schulhof.

Olchis machen grosse Sprünge

„Das hat Spaß gemacht!“, sagt das eine Olchi-Kind. „So eine Schule ist toll!“, sagt das andere Olchi-Kind. „Ranziger Ratterich! Sieh nur, da vorne sind noch welche!“

Das Olchi-Kind meint die Schüler der 3c. Die haben sich drüben am Sportplatz zum Weitspringen versammelt. Schnell rennen die Olchis hinüber zur Sprunggrube.
Natürlich sind auch die Kinder der 3c ganz aus dem Häuschen, als plötzlich echte Olchis bei ihnen auftauchen, und alle sind ganz aufgeregt.
Der Turnlehrer, Herr Schnellbein, hat große Mühe, seine Klasse zu beruhigen. „Wir sind die Olchi-Kinder, wir sind die Neuen", erklären ihm die Olchi-Kinder. „Wir waren gerade bei Frau Nudel!"
„Soso. Ihr seid also aus der Klasse von Frau Trudel. Habt ihr denn jetzt schon frei?", wundert sich Herr Schnellbein.

„Na schön. Aber stört mir nicht meinen Unterricht! Wir machen jetzt weiter mit Weitsprung. Uwe Schmalstadt, du bist dran!“
Uwe nimmt Anlauf und springt in die Sandgrube, so weit er kann.
„Zwei Meter zwanzig“, sagt Herr Schnellbein. Er schreibt zwei zwanzig in sein Notizbuch.
„Roberto!“, ruft Herr Schnellbein.
Roberto springt einen Meter und fünfundachtzig.
„Und jetzt Jacob!“, ruft Herr Schnellbein.
„Ich kann auch springen!“, ruft das eine Olchi-Kind und flitzt los. Mit einem riesigen Satz hüpft es über die Sandgrube und

fliegt sogar noch ein Stück darüber hinaus. Fast wäre es im Schulhofzaun gelandet.
Die Kinder applaudieren begeistert.
„Heiliger Müllsack, das kann ich noch besser!“, ruft das andere Olchi-Kind.
Schon rennt es los und springt. Es fliegt über Herrn Schnellbein hinweg (Herr Schnellbein ist einen Meter vierundachtzig groß, ohne Schuhe!), danach macht es drei Purzelbäume, einen Salto vorwärts und springt noch einmal.

Das Olchi-Kind saust durch die Luft über die Sprunggrube, über das ganze Rasenstück und bleibt schließlich im Maschenzaun hängen.
Herrn Schnellbein steht vor Staunen der Mund offen.
„Das waren mindestens acht Meter fünfzig!", ruft Johann. „Herr Schnellbein, schreiben Sie acht fünfzig!"
Herr Schnellbein schüttelt ungläubig den Kopf.
„Aus der Klasse von Frau Trudel", murmelt er. „Also nein, so was, wer hätte das gedacht ..."
Die Olchis sind jetzt über den Zaun geklettert.
„Das hat Spaß gemacht! Schleime-Schlamm-und-Käsefuß!", rufen sie den Kindern zu.

Dann marschieren sie los, in Richtung Lehrer-Parkplatz. Sie wollen Feuerstuhl nicht länger warten lassen. Die Schulkinder stehen am Zaun und winken den Olchis noch eine ganze Weile nach. Auch als die Olchi-Kinder längst auf ihrem Drachen sitzen und schon oben in den Wolken verschwunden sind, stehen immer noch ein paar Schüler am Zaun und winken.

Schule macht hungrig

Zu Hause sitzt die übrige Olchi-Familie noch immer in der Höhle und muffelt.
Die Olchi-Kinder schieben den gammeligen Türlappen zur Seite und strecken ihre Knubbelnasen ins Zimmer. „Hallo, da sind wir wieder!“
„Ihr seid ja ganz schön lange weg gewesen!“, wundert sich Olchi-Mama. „Schleime-Schlamm-und-Käsefuß! Ich hab mir schon Sorgen gemacht.“

Olchi-Oma sagt nichts. Sie hat den Kopf immer noch im Grammofon-Trichter.
„Wir waren in einer Schule bei Frau Nudel“, erzählen die Olchi-Kinder. „Es gab Flöte und Glasscherben zu essen. Und wir haben gesungen. Und dann haben wir den Kindern

gezeigt, wie man hüpft. Und wir sind mit Feuerstuhl geflogen. Ganz allein!“

Olchi-Opa brummelt: „Dann habt ihr ja ein richtiges Abenteuer erlebt! Glitschiges Glasauge! Das müsst ihr mir aber genauer erzählen!“

Die Olchi-Kinder setzen sich zu Olchi-Opa an den Ofen und erzählen ihm ihr Abenteuer noch einmal ganz genau.

Am Ende sagt Olchi-Opa: „Schleime-Schlamm-und-Käsefuß! So eine Schule würde ich auch gern einmal kennenlernen!“

„Wir können ja alle zusammen noch mal hinfliegen“, schlägt das eine Olchi-Kind vor. „Frau Nudel freut sich bestimmt, wenn sie euch alle sieht!“

„Eine olchige Idee!“, sagt Olchi-Mama. „Das machen wir gleich morgen. Jetzt setzt euch an den Tisch. Das Essen ist fertig.“

„Was gibt es denn heute?“

„Sumpfigen Knocheneintopf“, sagt Olchi-Mama.
Da sind viele köstliche Sachen drin:

10 Liter braune Schmuddelbrühe
Zahnpasta mitsamt der Tube
3 grüne Flaschen, das Glas fein zerstoßen
10 tote Fliegen
21 Spritzer schwarze Tinte
als Beilage Gipsklößchen, überbackener Ziegelstein
und Plastiktütensalat

Als Nachtisch für jeden noch ein schönes Tässchen mit Glühbirnen-Kompott.
Bald schmatzen und rülpsen die Olchis, dass es eine wahre Freude ist. Sogar Flutschi, die Fledermaus, hat sich ein Stückchen Ziegelstein stibitzt. Olchi-Baby hat aufgehört zu schreien und lutscht genussvoll an einem Gipsklößchen.

„Isst Olchi-Oma denn nicht mit?“, fragt das eine Olchi-Kind. Olchi-Oma steckt nämlich immer noch im Grammofon.
„Lasst sie in Ruhe!“, meint Olchi-Mama. „Einen schlafenden Olchi soll man nicht wecken.“
„Schmeckt krötig!“, sagt das andere Olchi-Kind. „Aber Flöten bei Frau Nudel sind auch nicht schlecht. Ich freue mich schon auf morgen.“

Die Olchis ziehen um

Herrliche Zeiten

„Muffel-Furz-Teufel! Sind das nicht herrliche Zeiten?“, sagt Olchi-Papa. Er steht am Eingang der Olchi-Höhle, knabbert an einer alten Fischgräte und schaut hinaus in den strömenden Regen.
Auch die anderen Olchis sehen recht zufrieden aus. Olchi-Opa sitzt gemütlich auf dem Ofen, kaut seine Knochenpfeife und wärmt seinen Hosenboden.
Olchi-Mama hat eine Schaufel voll Ruß in der Hand und verteilt den Ruß fein säuberlich auf dem Fußboden.
„Wird Zeit, dass sich mal wieder jemand um die Wohnung kümmert!“, sagt sie.

Sie schlägt ein paar faule Eier in eine leere Konservendose und stellt eine Kerze darunter.
„Das ist eine Duftlampe!“, erklärt sie. „Riecht das nicht himmlisch?“
„Hauptsache, du verheizt nicht wieder meine Platten!“, knurrt Olchi-Oma.

Vorsichtig nimmt sie die Schallplatte mit ihrer Lieblingsmusik und legt sie aufs Grammofon. Ihre Hörhörner wippen im Takt der Musik.
Olchi-Oma hat nur noch diese eine Schallplatte. Die anderen hat Olchi-Mama kürzlich alle in den Ofen geworfen und verheizt. Weil Schallplatten gut brennen und herrlich riechen, wenn sie brennen.
Auch die Olchi-Kinder sind blendender Laune. Sie haben sich hinter den Stühlen verschanzt und spielen Schlammknödel-Werfen. Dabei kreischen und johlen sie, dass es eine Freude ist. Ein Schlammknödel trifft aus Versehen Olchi-Baby und es fängt an zu plärren. Aber da Olchi-Baby sowieso meistens plärrt, stört das nicht weiter.
Seit Tagen ist der Himmel so grau wie Matschbrühe und es gießt in Strömen. So weit das Olchi-Auge reicht, ist die Erde nur noch eine einzige Schlammpfütze. Von der Müllkippe weht ein feinfauliges Düftchen herüber.

Der Drache Feuerstuhl unterbricht seinen Schönheitsschlaf und schlurft aus der Garage. Dann wälzt er sich im Schlamm, dass es nur so spritzt. Er grunzt und schnaubt und gelber Dampf quillt aus seiner Nase.
Herrliche Zeiten sind das für die Olchis!
„Schleime-Schlamm-und-Käsefuß, jetzt fehlt nur noch ein gemütliches Vollbad!", sagt Olchi-Papa. „Wo ist denn eigentlich unsere Badewanne?"
„Die Wanne hat Feuerstuhl als Fressnapf", sagt Olchi-Mama.

„Aber du kannst ja in den Schlammpfützen baden wie der Drache."
„Matsch mit Soße!", sagt Olchi-Papa. „Der wahre Genießer badet zu Hause!"
Olchi-Papa holt die Badewanne aus der Garage und stellt sie mitten ins Zimmer.
Dann füllt er sie bis zum Rand voll mit schönem dunkelbraunen Matsch und klettert hinein.

„Und jetzt bitte den Rücken schrubben!", grunzt er und schließt genüsslich die Augen.
„Du solltest dich lieber mehr um deine Kinder kümmern,

anstatt hier den feinen Mann zu spielen!“, sagt Olchi-Mama streng.
„Ja, genau! Papa, spiel mit uns!“, rufen die Olchi-Kinder. Sie kneten neue Schlammknödel aus dem Badematsch und zielen auf Olchi-Papas Nase.
„Glibbrige Grützbeutel!“, schimpft Olchi-Papa. „Ein für alle Mal: Ein Olchi darf baden, wann er will, wo er will und so lange er will!“ Dann holt er tief Luft, lässt sich nach hinten gleiten und taucht unter.

Die Bagger kommen

Am nächsten Morgen hat der Regen aufgehört und die Sonne blinzelt hinter den Wolken hervor. Die Olchis liegen friedlich in ihren Ecken und schnarchen wie die Holzfäller.

Doch was ist das? Ein unheimliches Getöse lässt die Olchi-Höhle erzittern.

„Erdbeben!“, schreit Olchi-Mama.

„Feuerstuhl explodiert!“, rufen die Olchi-Kinder.

Die Olchis rennen ins Freie. Was sie da sehen, lässt ihnen die Haare zu Berge stehen. Zwei riesige gelbe Monster machen sich drüben an der Müllkippe zu schaffen! Mit gewaltigen Schaufeln baggern sie den Müll hoch und kippen ihn in einen Lastwagen.

Mit offenem Mund starren die Olchis auf die gelben Monster. Ein paar Fliegen fallen tot zu Boden. Nicht vor Schreck, sondern wegen dem Mundgeruch der Olchis.

„Schleime-Schlamm-und Kä…“, sagt Olchi-Papa. Mehr bringt er nicht heraus.

„Beim furzigen Kröterich! Die klauen unseren Müll!“, rufen die Olchi-Kinder entsetzt.

Olchi-Oma muss sich setzen. „Heiliger Müllsack, das ist das Ende!“, jammert sie. „Unser schöner Stinkermüll! Wovon sollen wir jetzt leben?“

„So eine Unverschämtheit! Glibbrige Gichtkrücke! Das lassen wir uns nicht gefallen!“, schimpft Olchi-Mama. „Los, tu doch was!“, schreit sie Olchi-Papa an.
Olchi-Papa murmelt nur: „Spotz-Teufel, da wird doch der Schuh in der Pfanne verrückt! Spotz-Teufel!“
„Das sind Bagger!“, sagt Olchi-Opa, als er endlich begriffen hat, was da vor sich geht. „Und Bagger kann man nicht stoppen. Da heißt es abwarten und Stinkerbrühe trinken, Muffel-Furz-Teufel!“
So sitzen die Olchis den ganzen Tag vor ihrer Höhle. Fassungslos müssen sie mit ansehen, wie ihre schöne Müllkippe Stück für Stück verschwindet.
Erst am Nachmittag ist es vorbei. Alles ist weggeräumt. Auch das letzte Fitzelchen Papier, die letzte Konservendose, der letzte rostige Reißnagel. Am Ende klettert ein Mann aus dem Lastwagen und rammt ein Schild in den Boden.

Darauf steht:

MÜLL ABLADEN VERBOTEN!
AKTION ZUR SÄUBERUNG DER UMWELT
AMT FÜR UMWELTSCHUTZ

„Was sollen wir mit der blöden Tafel? Die stinkt nicht mal, wenn wir sie verheizen!“, knurrt Olchi-Opa.

Feuerstuhl hat von alldem nichts mitbekommen. Schlaftrunken stapft er aus seiner Garage, denn so viel Schlaf macht einen Drachen ganz schön hungrig. Und jetzt kann er seinen Badewannen-Fressnapf nirgends finden.
„Feuerstuhl ist hungrig!“, sagt Olchi-Mama. „Ich geh mal los

und guck nach, ob ich noch irgendwo etwas Essbares auftreiben kann!“ Sie klemmt sich das große alte Ölfass unter den Arm und marschiert los.
Die anderen Olchis sitzen in der Höhle und muffeln.
„Riecht mal!“, sagt Olchi-Papa und schnüffelt. „Rotziger Rußbeutel, kaum ist die Müllkippe weg, da stinkt es schon nach frischer Luft! Ich glaub, mir wird schlecht!“
„Wo sollen wir denn jetzt spielen?“, fragt das eine Olchi-Kind.
„Ihr hab ja noch Flutschi, die Fledermaus!“, versucht Olchi-Oma sie zu beruhigen.
„Fledermäuse sind sooo langweilig!“, sagt das andere Olchi-Kind. „Wir wollen unsere Müllkippe wiederhaben!“
Da fängt auch noch Olchi-Baby an zu plärren.

Olchi-Opa setzt sich auf den Ofen. Das Feuer ist inzwischen ausgegangen. Er beißt ein Stück von seiner Knochenpfeife ab und spuckt es in die Ecke. „Muffel-Furz-Teufel!“, brummt er. „So kann das nicht weitergehen. Wir müssen uns dringend was einfallen lassen.“

BUNTE FLECKEN

Olchi-Mama schiebt den gammeligen Türlappen zur Seite und ruft: „Hallo, da bin ich wieder!“
Sie hat ein paar jämmerliche Papiertaschentücher, eine Plastiktüte, zwei leere Bierflaschen und einen Joghurtbecher gesammelt.
„Das ist nicht viel!“, sagt sie. „Aber fürs Abendessen wird’s wohl reichen.“
Die Olchis starren Olchi-Mama an, als wäre sie ein Gespenst.
„Was ist los, was glotzt ihr so?“, will Olchi-Mama wissen.
„Spotz-Teufel, du hast Flecken!“, ruft Olchi-Papa. „Überall kotzbunte Flecken!“
Er gibt Olchi-Mama eine Spiegelscherbe. Sie schaut hinein und erschrickt.

„Schleimiger Schlammlappen! Auch das noch! Das kommt bestimmt vom Apfel!“, jammert Olchi-Mama.
„Waaas? Du hast Frischobst gegessen?“, ruft Olchi-Oma entsetzt.
„Ich hätte es ja wissen müssen!“, sagt Olchi-Mama ganz kleinlaut. „Aber ich war so verzweifelt, weil kein Müll da war, und mein Durst war so groß und der Apfel lag da herum und ich hab einfach reingebissen. Mehr aus Versehen. Er war wohl noch nicht richtig faulig.“
„Du weißt doch, dass Frischobst gefährlich ist!“, sagt Olchi-Oma. „Jetzt schau dich nur mal an!“
„O Käsefuß, o Käsefuß!“, jammert Olchi-Mama. Ihre Hörhörner sehen aus wie bunte Brausestangen.
„Bei Flecken hilft eine Einreibung mit Fahrradöl!“, rät Olchi-Oma. „Das ist ein altes Hausmittel!“
„Fahrradöl?“, ruft Olchi-Opa entsetzt. „Aber das ist doch viel zu schade!“

Olchi-Opa trinkt Fahrradöl für sein Leben gern. Er hat noch ein kleines Fläschchen unter seinem Kopfkissen vergraben.
„Jetzt stell dich nicht so an!“, ruft Olchi-Oma streng. „Die Gesundheit geht vor! Das wär ja noch schöner!“
Schweren Herzens holt Olchi-Opa das Öl. „Aber geht sparsam damit um!“, sagt er.
Olchi-Oma schüttet das Öl auf Olchi-Mamas Nase und reibt sie kräftig ein. Doch die wird dadurch eher noch ein bisschen bunter!

„Es hilft nichts!“, jammert Olchi-Mama. Vor Aufregung muss sie jetzt ein wenig an ihrem alten Spülschwamm lutschen. Das macht sie immer, wenn sie nervös ist.
„Hab ich doch gleich gesagt, Öl ist zum Trinken da und nicht

zum Verschmieren!“, erklärt Olchi-Opa. „Bei Flecken muss ein Müllbad her. Mir hat ein Müllbad noch immer geholfen.“
„Aber wir haben doch nicht mehr genügend Müll“, jammert Olchi-Mama.
„Dann eben Schlamm“, sagt Olchi-Opa. „Nichts geht über die heilende Kraft einer Schlammpfütze.“
Er geht mit Olchi-Mama nach draußen und Olchi-Mama muss sich in eine Pfütze legen. Olchi-Opa häufelt schönen dunkelbraunen Schlamm auf Olchi-Mama, bis nur noch die Nase herausschaut.

„Sind die Flecken schon weg?“, fragt Olchi-Mama ängstlich. „Du musst Geduld haben“, sagt Olchi-Opa. „Erst Schlamm und dann Qualm, zum Muffel-Furz!“
Er hilft Olchi-Mama aus der Pfütze und führt sie in die Höhle zurück. „Jetzt brauchen wir ordentlich Dampf. Was riecht und qualmt am besten?“
Olchi-Opa muss nicht lange nachdenken. „Schallplatten!“, ruft er. „Oma, gib deine Platte her!“
„Meine schöne Schallplatte?“, ruft Olchi-Oma entsetzt. „Und womit soll ich dann Grammofon spielen?“

„Stell dich nicht so an!“, sagt Olchi-Opa streng. „Die Gesundheit geht vor! Das wäre ja noch schöner!“
Schweren Herzens gibt ihm Olchi-Oma ihre letzte Schallplatte.
„Aber geht vorsichtig damit um!“, sagt sie.
Olchi-Omas Schallplatte brennt und qualmt wirklich prima.

Die Ofentür steht offen und Olchi-Mama hält ihren Kopf in den Rauch.
„Tief einatmen!", rät Olchi-Opa.
Bald ist die Platte verschmurgelt und Olchi-Mama ist kohl-pech-raben-schwarz von Schlamm und Ruß.
„Seht ihr! Keine Flecken mehr da!", ruft Olchi-Opa.
„Ja, das seh ich", mischt sich Olchi-Papa ein, „aber was ist unter dem Dreck?" Er nimmt Olchi-Mamas Spülschwamm und wischt ihr übers Gesicht.
„Bunte Flecken!!!", rufen die Olchis wie aus einem Mund.

„Es hilft alles nichts“, sagt Olchi-Oma. „Wir sollten es uns trotzdem ein bisschen gemütlich machen. Wir haben ja noch von dem leckeren Stinkerkuchen, den Olchi-Mama neulich gebacken hat.“
Das lassen sich die Olchis nicht zweimal sagen. Sie stopfen sich die Kuchenstücke in den Mund und schmatzen und rülpsen. Sogar Olchi-Baby ist ganz still geworden und mampft.
Plötzlich rufen die Olchi-Kinder: „Die Flecken sind weg!“
Olchi-Mama bleibt der Kuchen im Hals stecken und fast hätte sie sich verschluckt.
Tatsächlich: Kaum hat sie die ersten Bissen von ihrem wunderbaren Stinkerkuchen gegessen, da sind die bunten Flecken verschwunden!
„Heiliger Müllsack!“, ruft Olchi-Oma und klatscht vor Freude in die Hände. „Seht ihr, deine Kuchen sind die beste Medizin!“
Olchi-Mama ist zwar wieder fleckenlos grün, aber trotzdem ist alles anders geworden, seit die Müllkippe nicht mehr da ist.

Die Olchis sitzen die nächsten Tage nur noch müde, muffelig und hungrig herum. Nichts scheint ihnen mehr Spaß zu machen.
Olchi-Opa ist sauer, weil sein Fahrradöl verbraucht ist.
Olchi-Oma ist sauer, weil sie ihr Grammofon nicht spielen kann.
Die Olchi-Kinder sind sauer, weil sie nicht auf der Müllkippe spielen können.
Olchi-Mama ist sauer, weil die besten Kochrezepte nichts nützen, wenn die Zutaten fehlen.
Und Olchi-Papa sitzt stundenlang mürrisch in seiner Obstkiste und denkt nach.

Schließlich sagt er: „Muffel-Furz-Teufel! Es gibt nur eine Lösung! Das Beste ist, wir ziehen um. Wir gehen irgendwohin, wo es wieder richtig muffelt und stinkt. Bestimmt gibt es auch noch andere
Müllgruben. Das wäre doch gelacht. So leicht lässt sich ein Olchi nicht unterkriegen!"
Alle finden, dass das eine olchi-starke Idee ist.
„Neuer Müllberg, neues Glück!", sagt Olchi-Oma.
Und Olchi-Opa fängt gleich an zu dichten:

„Wir wollen hier nicht länger hocken,
wir machen uns auf die Stinkersocken,
Käsefuß und Knochenleim,
wir suchen uns ein neues Heim!"

Wohin geht die Reise?

Dann packen die Olchis ein. Flutschi, die Fledermaus, nehmen sie mit und Olchi-Papas alte Obstkiste. Den zerfledderten Sperrmüllhut von Olchi-Mama, die Kochtöpfe und das Grammofon. Dann noch ein paar Bilderrahmen, das Ölfass und die alte Badewanne.
Sie verschnüren alles fest auf Feuerstuhls Rücken. Dann klettern sie selber hinauf und Olchi-Papa ruft: „Spotz-Rotz!“ Das ist das Signal für Feuerstuhl. Der Drache stößt eine gelbe Rauchwolke aus und donnert los. Er zieht noch eine letzte elegante Schleife über der Olchi-Höhle und dann knattert er über die Baumwipfel in den Abendhimmel.
Nach einer Weile fliegen sie über die Autobahn. Mit ihren empfindlichen Nasen haben sie den Autogestank schon von Weitem gerochen.
„Feuerstuhl, flieg langsam!“, ruft Olchi-Papa. Und wie sie tief und genüsslich die Autoabgase einschnaufen, da kommt auch wieder ihre gute Laune zurück.

Aus voller Kehle grölen sie ihr Olchi-Lied. So laut und so schön, dass die Autofahrer unter ihnen die Autoradios ausschalten und die Scheiben herunterkurbeln.

„Fliegenschiss und Olchi-Furz,
das Leben ist doch viel zu kurz!
Wir lieben Schlick und Schlamm und Schleim,
das Leben kann nicht schöner sein!“

„Spotz-Teufel! Seht mal da vorne!“, ruft Olchi-Papa plötzlich. Vor ihnen ragt ein mächtiger qualmender Fabrikschornstein

in den Himmel. Die Olchis trauen ihren Augen kaum. So eine gewaltige Stinkerwolke haben sie noch nie gesehen! „Ist das nicht wunder-wunderschön?“, ruft Olchi-Mama begeistert.

Feuerstuhl zielt genau auf die Stelle, wo der Rauch am dichtesten und der Ruß am schwärzesten ist. Da taucht er hinein.
„Tief einatmen!“, ruft Olchi-Mama.
Das kratzt herrlich in den Lungen, beißt in den Augen und juckt in der Nase.
Als sie auf der anderen Seite wieder herauskommen, sind sie alle kohl-pech-raben-schwarz.
Olchi-Mama schließt entzückt die Augen und schwärmt:
„Beim Kröterich, ist das nicht ein himmlisches Lüftchen?“
Feuerstuhl zieht eine elegante Schleife und taucht noch ein zweites Mal hinein. Und ein drittes Mal.
Die Olchi-Kinder können gar nicht genug davon kriegen.
„Noch mal, noch mal!“, rufen sie immer wieder.
„Genug jetzt“, sagt Olchi-Papa schließlich. „Wir können hier nicht den ganzen Tag vertrödeln!“
Feuerstuhl steigt höher. Er gibt jetzt richtig Gas und sie fliegen über Felder und Wiesen, über Strommasten, über einen kleinen Fluss und über Herrn Oberhuber, der gerade seine Kühe auf die Weide treibt.
Da türmt sich eine dunkle Regenwolke vor ihnen auf.
„Ausweichen!“, schreit Olchi-Papa. „Das ist eine Re…!“
Doch es ist zu spät. Schon donnern sie hinein. Es ist ein Gefühl wie in einer Waschanlage.
Die Olchis kneifen die Augen zu und fangen an zu kreischen.
Der Regen klatscht ihnen auf die Knubbelnasen und Feuerstuhl hält die Luft an.

Um ein Haar wäre er abgestürzt.
Keiner weiß mehr recht, wo oben und wo unten ist.
Stockdunkel ist es dadrin.
Feuerstuhl sackt ein Stück nach unten, fliegt ein paarmal im Kreis, gibt wieder Gas und endlich sind sie draußen.
Tropfnass bis auf die Knochen und so blitzsauber wie aus der Waschmaschine!
Die Olchi-Kinder jammern, Feuerstuhl schnaubt verärgert und Olchi-Opa flucht seinen allergrässlichsten Olchi-Fluch.
„Schleime-Schlamm-und-Rattenschwanz! Pampiger Glibberich! Grätiger Wanzenfurz!“

„Das dauert ewig, bis das Saubere wieder weg ist“, seufzt Olchi-Mama. „Und wir waren alle so schön verrußt!“
„Na, wenigstens regnet es wieder“, sagt Olchi-Papa. „Dann weicht unten die Erde auf und es gibt neue Schlammpfützen. Beim Kröterich, es wird Zeit, dass wir irgendwo ankommen! Ein kleines Müllbad und wir sind alle wieder wie neu!“
Jetzt sehen sie die ersten Häuser von Schmuddelfing unter sich auftauchen.
„Hier landen wir“, sagt Olchi-Papa. „Vielleicht finden wir ein schönes Plätzchen zum Übernachten!“
Feuerstuhl bremst und setzt zur Landung an. Genau zwischen Primelweg und Akazienstraße kommt er zum Stehen. Zum Glück ist kein Mensch auf der Straße. Nur Frau Knitterbein lugt neugierig hinter ihrer Gardine hervor.

Aber Frau Knitterbein ist kurzsichtig und hält den knatternden Feuerstuhl für einen Polizei-Hubschrauber.
Sicher wieder ein Verkehrsunfall, denkt sie. Jaja, das kommt davon. Die Idioten rasen eben alle wie verrückt!
„Kein schlechter Platz hier", sagt Olchi-Papa vergnügt. „Für so was hab ich einen Riecher!"
Er meint die Mülltonne, die am Straßenrand steht.
Schwuppdiwupp klettern die Olchis hinein. Für den Drachen ist in der Mülltonne kein Platz.
Er verzieht sich hinters Haus, in die Büsche, wo ihn keiner sieht. Kaum liegt er da, fallen ihm auch schon die Augen zu, denn die Fliegerei ist anstrengend.
Die Olchis in der Mülltonne aber essen sich erst mal richtig satt. Danach schlafen auch sie zufrieden ein und schnarchen so laut, dass die Abfalltonne zittert.

Früh am nächsten Morgen passiert es dann: Die Tonne mit den schlafenden Olchis wird von zwei starken Müllmännern hochgehoben, auf eine Kippe gestellt und – zack! – der ganze Inhalt landet mit Geschepper und Geklirr im Bauch eines stockfinsteren Müllautos.

Träume werden wahr

Im Müllauto ist es so dunkel, dass die Olchis nicht mal die Spitzen ihrer Knubbelnasen sehen können.
„Seid ihr noch da?“, ruft Olchi-Papa besorgt.
„Jaaa!“, rufen die Olchis wie aus einem Mund.
„Papa, wo sind wir?“, fragt eines der Olchi-Kinder ängstlich.
„Keine Angst!“, beruhigt sie Olchi-Papa. „Ich bin ja bei euch!“
So werden die Olchis eine ganze Weile durch die Gegend

geschaukelt. Immer wieder hält der Müllwagen an und neuer Müll wird scheppernd hereingekippt.
Dann ist Endstation.
Einer der Müllmänner drückt auf den Knopf. Der ganze Krempel kippt nach vorn und Müll und Olchis rutschen und poltern mit lautem Getöse ins Freie.
Sie sind auf einer herrlich duftenden Müllkippe gelandet.
„Schleime-Schlamm-und-Käsefuß“, sagt Olchi-Opa, „wach ich oder träum ich?“
„Du wachst ausnahmsweise mal“, sagt Olchi-Oma.
„Seht, da kommt Feuerstuhl mit unserem Gepäck!“, rufen die Olchi-Kinder.
Schlau, wie Drachen nun mal sind, ist Feuerstuhl dem Müllauto einfach gefolgt.
Olchi-Papa sagt stolz: „Na? Hab ich unseren Umzug nicht prima organisiert?“
„Oberolchig!“, loben die Olchi-Kinder.
Olchi-Mama kann ihr Glück noch gar nicht fassen. Sie gibt Olchi-Baby einen Kuss auf die Knubbelnase und meint:
„Bei meinen krätzigen Käsesocken! Sieht so aus, als wäre das hier unser neues Zuhause!“
„Machen wir einen kleinen Spaziergang!“, schlägt Olchi-Papa vor.
Fröhlich stapfen die Olchis über den Müll.
Am Rand der Müllhalde finden sie eine Stelle, die allen gut gefällt.

„Hier werden wir anfangen zu
graben“, sagt Olchi-Papa. „Eine Olchi-Höhle mit freier Sicht auf die Müllberge! Eine Wohnung mit Gebirgsblick.“
Werkzeug zum Wohnungsbau liegt hier massenhaft herum: leere Dosen, alte Eimer, eine verrostete Gabel, Bleche und Bretter zum Abstützen der Wände.
Die Olchis legen sich mächtig ins Zeug. Den ganzen Tag buddeln, schippen und graben sie. Auch die Olchi-Kinder fassen kräftig mit an. Sie füllen bergeweise Sand und steinige Erde in Eimer und schaffen sie nach draußen.
Olchi-Papa klopft den Boden und die Wände glatt.
Olchi-Oma hat schöne alte Lappen gefunden. Das werden neue Vorhänge und eine Tischdecke.
Olchi-Opa zieht verbogene Nägel aus Brettern und klopft sie gerade. Die braucht er später zum Bau der Möbel.
Olchi-Oma bringt ein altes Waschbecken.
Das ist ein prima Bett für Olchi-Baby.

Schon bald sieht alles recht wohnlich aus.
„Eine muffelige Neubauwohnung!“, sagt Olchi-Mama zufrieden. „Ist das nicht wunder-wunderschön?“
Endlich ist es Zeit fürs Abendessen.
Olchi-Opa knurrt der Magen so laut, dass Olchi-Baby aufwacht und zu plärren beginnt.
„Heute bleibt die Küche kalt!“, sagt Olchi-Mama. „Aber morgen suchen wir uns einen schönen alten Ofen.“
Olchi-Opa reibt sich vergnügt die Hände und fängt an zu dichten:

„Krötenfurz und Pfannenstiel,
wer Hunger hat, der frisst auch viel.
Pfannenstiel und Krötenfurz,
wer zu spät kommt, kommt zu kurz!“

„Lasst es euch schmecken!“, ruft Olchi-Mama. Auf einem langen Brett serviert sie ein richtiges Festessen. Sie hat sich große Mühe gegeben. Schließlich ist heute ja auch ein ganz besonderer Tag!

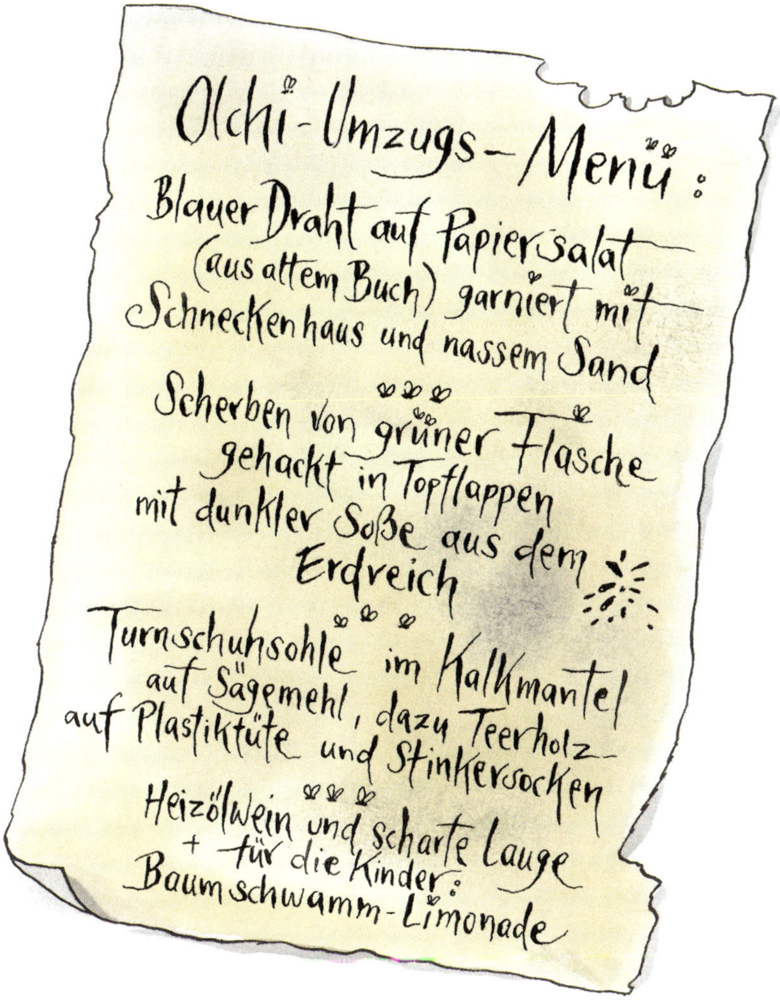

Die Olchis auf Geburtstagsreise

Hohe Gipfel und ein alter Bekannter

„Hühnerdreck und Pferdemist,
wie olchig doch das Leben ist!
Wir fahren in die weite Welt
ohne Ausweis, ohne Geld ...!“,

singt Olchi-Opa vergnügt. Er hat heute Geburtstag und die Olchis wollen einen Ausflug machen. Die Olchis feiern ihren Geburtstag, wann sie wollen und sooft sie wollen.
„Heute ist mein 2400. Geburtstag!“, ruft Olchi-Opa. „Und ich wünsche mir eine oberolchige Geburtstagsreise! Wir suchen uns irgendwo ganz weit weg ein schönes, muffeliges Plätzchen. Dort wird dann gefeiert, bis die Wände wackeln! Wird höchste Zeit, dass wir mal aus Schmuddelfing rauskommen! Muffel-Furz-Teufel! Wir sind ja richtige Stubenhocker geworden!“

„Richtige Müllberghocker!“, meint auch das eine Olchi-Kind. Olchi-Opa hat gerade seine alte Knochenpfeife und zwei Fläschchen Fahrradöl in der Hosentasche verstaut. Fahrradöl trinkt er für sein Leben gern, das muss er unbedingt mitnehmen.
„Schlapper Schlammlappen, eine große Reise! Dass ich so was noch erleben darf! Ich bin ja ganz aufgeregt!“, ruft Olchi-Oma. Sie stopft ihr altes Grammofon und die Platte mit ihrer Lieblingsmusik in einen blauen Müllsack.
Olchi-Mama wirft noch ein paar ranzige Schlammplätzchen hinein und eine Handvoll rostiger Nägel, Glasscherben und Dosen. Das ist die Brotzeit für unterwegs.
Die Olchi-Kinder wollen natürlich auch Flutschi, die Fledermaus, in ihrem Käfig dabeihaben. Und Feuerstuhl, der große grüne Olchi-Drache, hat sowieso gerade vierzehn Tage lang geschlafen. Da ist er fit für die lange Reise. Olchi-Papa hat ihn heute Morgen noch frisch aufgetankt, mit einer Badewanne voll benziniger Seifenlauge.
„Es kann losgehen!“, ruft Olchi-Opa.
Alle klettern auf Feuerstuhls schuppigen Rücken. Olchi-Opa zuerst, dann Olchi-Oma, Olchi-Mama mit Olchi-Baby, Olchi-Papa und die beiden Olchi-Kinder.
„Spotz-Rotz!“, rufen die Olchis und Feuerstuhl hebt knatternd ab.
Schnell haben sie Schmuddelfing und die Müllkippe hinter sich gelassen. Sie fliegen über Wiesen und Felder, über

Dörfer und Wälder und durch weiße Wolken, immer der Sonne entgegen.
„Schleime-Schlamm-und-Käsefuß, olchiges Schmuddelwetter wär uns lieber!“, meckern die Olchi-Kinder. Der Fahrtwind pfeift den Olchis um die Hörhörner und bald grölen sie alle zusammen aus voller Kehle das Olchi-Lied:

„Fliegenschiss und Olchi-Furz,
wo wir landen, ist uns schnurz,
wir fliegen in den Tag hinein,
das Leben kann nicht schöner sein!

Muffelfurz und Stinkersocken,
nicht nur auf dem Müllberg hocken!
Schleime-Schlamm-und-Käsefuß,
Geburtstag ist ein Hochgenuss!“

Nachdem Feuerstuhl ein paar Stunden so dahingeknattert ist, knurrt den Olchis der Magen und Olchi-Oma muss mal dringend. Also setzt der Drache zur Landung an. Hoch oben im Gebirge, auf der höchsten Spitze eines Berges, lässt er sich nieder.

Ein eisiger Wind wirbelt dicke Schneeflocken wie Watte-bällchen durch die Luft. Die Olchis schnattern vor Kälte mit den Zähnen.
„Kein sehr olchiges Plätzchen zum Geburtstagfeiern“, sagt Olchi-Opa. „Schnell ausruhen und dann weiter!“
Olchi-Mama verteilt die Brotzeit aus dem Müllsack.
„Muffel-Furz-Teufel! Die Berge hier sind ja ganz blau!“, sagt das eine Olchi-Kind mit vollem Mund.
„Bei meinem grätzigen Stinkersocken!“, sagt Olchi-Papa.
„Dann sind wir hier in den blauen Bergen gelandet! Da muss

doch hier irgendwo der blaue Olchi wohnen! Erinnert ihr euch an ihn? Vielleicht sollten wir ihn besuchen! Was meint ihr?“
„Muss das sein?“, rufen die Olchi-Kinder wie aus einem Mund.
„Doch nicht an meinem Geburtstag!“ Olchi-Opa ist entsetzt. Vor langer Zeit hat der blaue Olchi einmal bei ihnen auf der Müllkippe gewohnt. Er ist ihnen damals schrecklich auf die Nerven gegangen wegen seiner Besserwisserei und seinem grauenhaften Ordnungsfimmel.

Auf der Müllkippe hat er den Müll ordentlich gestapelt! Sogar die Schlammpfützen hat er gerade gezogen wie mit einem Lineal.
„Wenn ich nur an ihn denke, läuft es mir kalt den Rücken hinunter!“, sagt Olchi-Mama.

Olchi-Baby fängt an zu plärren und Olchi-Mama steckt ihm schnell seinen Schnuller-Knochen in den Mund.
Aus heiterem Himmel ruft da plötzlich eine krächzende Stimme: „Hallihallö! Na sö was! Wö kömmt ihr denn her? Sö eine Überraschung!“
Die Olchis zucken zusammen. Sie trauen ihren Hörhörnern kaum: Das ist doch die Stimme des blauen Olchis! Und tatsächlich, schon sehen sie den blauen Olchi die letzten Meter zu ihrem Gipfel heraufklettern.

„Ich glaub, mich tritt ein Pferd ...“, murmelt Olchi-Oma. Der blaue Olchi ist ausgerüstet wie ein Bergsteiger. Mit Wanderschuhen, Hut, Seil und Haken und einem riesigen Rucksack.
„Was für ein Zufall. Wir wollten dich gerade besuchen!“, schummelt Olchi-Opa.
„Sö ist es recht! Ich wöhne dört unten im Tal. Hab jetzt ein ördentliches Reihenhaus. Tötal sauber und gepflegt!“
Der blaue Olchi faltet ein großes kariertes Taschentuch auseinander. Er breitet es ordentlich auf dem Boden aus und setzt sich darauf. Dann holt er eine Plastiktüte aus dem Rucksack. Mit einer Nagelschere schneidet er die Tüte in gerade Streifen.

Er stopft sie sich genüsslich in den Mund und erklärt:
„Frische Luft macht sö hungrig! Bergsteigen ist mein Höbby. Das mach ich jetzt jede Wöche!“
„Wie aufregend“, sagt Olchi-Mama.
„Ist ja reizend“, sagt Olchi-Oma und rülpst.
„War schön, dich zu treffen“, sagt Olchi-Opa. „Aber ich glaube, wir müssen jetzt los. Wir machen nämlich eine Geburtstagsreise und haben es sehr eilig.“
„Wöllt ihr denn schön gehen?“, sagt der blaue Olchi enttäuscht. „Ihr könntet döch bei mir übernachten. Ich hab ein sehr ördentliches Gästebett und ein sauberes Gästeklö und ...“
„Ein andermal vielleicht!“, rufen die Olchis.
Schnell wie der Wind sind sie aufgestiegen. Feuerstuhl stößt ein paar gelbe Stinkerwolken aus und schon düst er los.
Der blaue Olchi winkt ihnen noch mit dem Taschentuch nach. Doch die Olchis sind schon in der dichten Wolkendecke verschwunden.

Das war knapp!

Zufrieden knattert Feuerstuhl hoch über den Wolken dahin. Alle Olchis sind jetzt ein wenig schläfrig geworden und eingenickt. Gerade als sie über das Meer fliegen, kommt ihnen ein riesiges Verkehrsflugzeug entgegen.
Der Drache merkt nichts davon, denn auch ihm sind vor Müdigkeit die Augen zugefallen. Im Halbschlaf düst er stur geradeaus. Schnell kommt das Flugzeug immer näher. Es rast genau auf die Olchis zu! Jetzt sind es nur noch ein paar hundert Meter! Da macht Olchi-Papa die Augen auf.
„Aufpassäääääään!!!", schreit er, so laut er kann.
In allerletzter Sekunde schlägt Feuerstuhl einen blitzschnellen Haken. Das Flugzeug donnert haarscharf an ihnen vorbei.
Von den Luftwirbeln werden die Olchis kräftig durchgerüttelt und wach geschüttelt und der Lärm der Flugzeugdüsen lässt ihre Hörhörner vibrieren.
„Spotz-Teufel! Was war das?", ruft Olchi-Mama erschrocken.

„Das war knapp! Beim Grätenfurz!“, meint Olchi-Opa. Und Olchi-Papa sagt ärgerlich zu Feuerstuhl: „Pass gefälligst besser auf! Rotziger Schlammsack! Willst du uns alle umbringen?“
Doch Feuerstuhl schnaubt nur verächtlich und rülpst. Ihn kann so schnell nichts aus der Ruhe bringen. Seelenruhig fliegt er weiter.
Olchi-Baby hat wieder angefangen zu plärren. Sein Schnuller-Knochen ist ihm aus dem Mund gefallen. Der liegt jetzt irgendwo da unten.
„Wir dürfen auf gar keinen Fall wieder einschlafen!“, erklärt Olchi-Opa.
„Es ist doch schon Nacht geworden!“, sagt Olchi-Oma. „Kein Wunder, dass wir müde sind.“
„Los, Feuerstuhl, flieg mal ein wenig tiefer!“, ruft Olchi-Papa. „Wird Zeit, dass wir uns irgendwo ein Bett suchen.“
Nach einer Weile sehen sie endlich Land unter sich. Feuerstuhl fliegt jetzt so tief, dass seine Beine die Baumwipfel streifen. Endlich erkennen sie die dunklen Umrisse eines Gebäudes.
Dort setzt der Drache zur Landung an und die Olchis steigen ab. Sie sind mitten in einer schottischen Burgruine gelandet. Feuerstuhl legt sich erschöpft hinter eine verfallene Mauer und schläft sofort ein.
„Seht nur, hier ist eine Tür!“, ruft Olchi-Papa aufgeregt. Mit einem kräftigen Biss beißt er ein schweres Vorhänge-

schloss durch und stemmt die knarzende Eichentür auf. Vor ihnen liegt ein großer düsterer Raum. Den modrigen Geruch finden die Olchis sehr angenehm.
In der Ecke erkennen sie ein wackeliges Bettgestell mit einer zerschlissenen Matratze. Das ganze Zimmer und das Bett sind mit Spinnweben übersät.
„Wie wunder-wunderschön!“, sagt Olchi-Mama begeistert.
„Sieht doch alles sehr einladend aus!“, sagt Olchi-Papa und lässt sich auf das Bett plumpsen.

„Feiern wir hier deinen Geburtstag?“, wollen die Olchi-Kinder wissen.
„Heute nicht mehr“, sagt Olchi-Opa. „Ich bin hundemüde.“
Die Olchis klettern auf das wackelige Bett und bald schnarchen sie alle wie die Holzfäller.

Herberge mit Gruselspass

Im Zimmer ist es still wie in einer Gruft und der Mond wirft einen fahlen Schein durchs Fenster. Alles scheint ruhig und friedlich. Plötzlich wird das eine Olchi-Kind von einem merkwürdigen Geräusch geweckt.
Das Olchi-Kind spitzt die Hörhörner. Was ist das für ein unheimliches Jammern und Heulen?
„Schleime-Schlamm-und-Käsefuß! Wacht auf!“, ruft das Olchi-Kind und rüttelt die anderen Olchis wach.
Jetzt ist das schauerliche Geheule noch lauter geworden. Die Olchis sehen eine weiße Gestalt ins Zimmer schweben.

„Huuuuuuh!“, jammert die unheimliche Gestalt. Dabei rasselt sie mit einer langen Kette und sieht so fürchterlich aus, dass einem das Blut in den Adern gefrieren könnte. Die grausige Stimme klingt so hohl, als würde man in einen Kochtopf sprechen: „Huuuuuuh! Ich bin MäcDussel, das grauenhafte Schlossgespenst!“
„Spotz-Teufel! Und wir sind die Olchis!“, ruft Olchi-Opa laut. „Du siehst ja komisch aus! So einen wie dich hab ich in meinen 895 Jahren noch nicht gesehen!“
„Huuuuaaaah!“, stöhnt das Gespenst noch lauter. Es fletscht die Zähne, rasselt mit der Kette und gibt sich die allergrößte Mühe, die Olchis zu erschrecken. „Ich bin der allerschrecklichste Geist von Schottland! Bei meinem Anblick wird jeder augenblicklich zu Stein! Huuuuuuaaaaah!“
„Und beim Anblick deiner rostigen Kette krieg ich augenblicklich Appetit!“, sagt Olchi-Oma, schnappt sich blitzschnell die schwere Rasselkette und beißt ein Stück davon ab.

„Wir wollen auch was!“, rufen die anderen Olchis.
Schon machen sich alle über die leckere Kette her.
Sofort hört das Gespenst auf zu heulen. Völlig verdutzt sieht es zu, wie sich die Olchis die rostige Eisenkette schmecken lassen, wie sie genüsslich mampfen und rülpsen.
„Wie... wieso zittert ihr nicht vor mir?“, stottert das Gespenst.
„Du bist ein komischer Kauz!“, sagt Olchi-Oma und lacht.
„Komm her, setz dich zu uns!“
„In tausend Jahren ist mir so was noch nicht passiert“, murmelt das Gespenst. Es schwebt zur Bettkante und setzt sich.

Das eine Olchi-Kind fragt: „Tausend Jahre bist du schon hier? Ist das nicht ein bisschen langweilig?“
„Wohnst du ganz alleine hier?“, will das andere Olchi-Kind wissen.

„Na ja, früher war hier mehr los“, seufzt das Gespenst. „Da gab es Feste bei Kerzenschein und jede Menge Gäste und Musik. Heutzutage hab ich nur noch ein paar Ratten im Keller, die mit mir spielen.“

„Was machst du denn den ganzen Tag?“, fragt das eine Olchi-Kind.
„Tagsüber schlafe ich und nachts spuke ich“, erklärt das Gespenst. „Ich war heute so froh, dass ihr gekommen seid. Ihr seid die ersten Übernachtungsgäste seit hundert Jahren! Ich hätte euch so gerne erschreckt!“
„Du Ärmster!“, sagt Olchi-Mama. „Aber du hast deine Sache wirklich gut gemacht. Wir haben uns alle ganz schön gegruselt, nicht wahr?“
„Ja, wirklich schön gegruselt, sehr arg gegruselt!“, rufen alle Olchis und nicken eifrig mit den Köpfen.

„Schon gut, gebt euch keine Mühe“, sagt das Gespenst. „Ich hab eben alles verlernt mit den Jahren. Hatte einfach zu wenig Übung.“

Das Gespenst sieht jetzt richtig traurig aus.

„Du tust mir so leid“, sagt Olchi-Oma. „Schleime-Schlamm-und-Käsefuß, was können wir denn für dich tun?“

Da haben die Olchi-Kinder eine Idee. Sie wollen dem Gespenst Flutschi, die Fledermaus, schenken. Flutschi passt doch prima in so eine Burgruine. Hier fühlt sie sich bestimmt wohl. Und das einsame Gespenst braucht doch ganz dringend ein Kuscheltier.

Das Gespenst strahlt vor Freude über das ganze Gesicht. Es hat sogar eine schimmernde Träne im Augenwinkel. „Noch nie hat mir jemand etwas geschenkt! Huuhuuu“, heult das Gespenst. Aber jetzt heult es vor Rührung.

Es schwebt zum Fensterbrett und Flutschi flattert hinterher. Noch einmal dreht das Gespenst sich um und winkt, dann ist es in der dunklen Nacht verschwunden.

„Ein verdammt netter Bursche, Spotz-Teufel“, sagt Olchi-Opa.

„Und eine verdammt leckere Kette“, sagt Olchi-Oma und leckt sich die Lippen.

Olchi-Baby nuckelt zufrieden an einem Kettenglied. Auch die anderen Olchis kuscheln sich wieder zusammen, und es dauert nicht lange, da fallen ihnen die Augen zu.

Am nächsten Morgen sind alle ausgeruht und munter.
„Ich will heute den ganzen Tag auf der Burg bleiben!“, sagt Olchi-Opa gut gelaunt. „Hier können wir doch prima meinen Geburtstag feiern!“
„Deinen Geburtstag hast du doch gestern gehabt“, sagt das eine Olchi-Kind. „Hast du denn heute schon wieder?“
„Ich habe immer noch!“, sagt Olchi-Opa. „Ich hab tagelang Geburtstag. Solange wir unterwegs sind, hab ich Geburtstag.“
„Krötig!“, rufen die Olchi-Kinder. „Dann feiern wir heute mit den Ratten im Keller! Das Gespenst hat gesagt, da sind Ratten im Keller! Das wird bestimmt oberolchig!“
„Eine krätzige Idee. Gefällt mir gut!“, sagt Olchi-Opa und reibt sich vergnügt die Hände.

„Seht doch nur, was da kommt!“ Olchi-Mama zeigt auf den riesigen Reisebus, der da den holperigen Weg zur Burg heraufzuckelt.
Als der Bus anhält, klettern jede Menge bunt gekleidete Touristen heraus. Sie sind bewaffnet mit Fotoapparaten, Landkarten, Ferngläsern, Sonnenbrillen, Videokameras und Brotzeitbeuteln. Alle schnattern laut durcheinander.
Sie klettern auf den verfallenen Mauern herum. Sie machen Fotos von sich und von der Burg, von ihrem Reisebus und von der schönen Landschaft. Sie kleben ihre Kaugummis an die alte Burgmauer und werfen leere Dosen in den Burggraben. Was für ein Tohuwabohu!
Die Olchis haben sich hinter der Burgmauer versteckt.
„Schlapper Schlammlappen!“, knurrt Olchi-Opa. „Was sind denn das für Kerle?“

Jetzt steigen auch noch zwei original schottische Dudelsackspieler in Schottenröcken aus dem Bus. Sie stellen sich direkt vor die Mauer und fangen an zu spielen. Noch nie haben die Olchis so schöne Musik gehört!
Schrill und schräg und laut klingt es ihnen in den Hörhörnern. Begeistert klettern sie auf die Burgmauer und grölen zur Dudelsackmusik ihr Olchi-Lied.
Die Touristen starren auf die Olchis, als wären es Außerirdische.
„Das sind Olchis!“, schreit der kleine Paul. Er kennt die Olchis gut, denn er hat gerade während der Busfahrt ein Olchi-Buch gelesen.
Die Touristen fotografieren die Olchis und Paul bietet ihnen Kaugummi an. Das eine Olchi-Kind packt den Kaugummi und verschluckt ihn mitsamt dem Papier.
Pauls Mutter ruft erschrocken: „Pass auf, dass sie dich nicht beißen!“ Sie zieht Paul von den Olchis weg.
Ein paar Touristen halten sich die Nase zu, denn die Olchis verströmen einen sehr olchigen Geruch.
Von dem Lärm ist jetzt auch Feuerstuhl wach geworden. Wutschnaubend kommt er hinter der verfallenen Steinmauer hervor. Er mag es gar nicht, wenn man ihn so unsanft weckt. Nervös scharrt Feuerstuhl mit den Füßen und stößt eine so gewaltige gelbe Stinkerwolke aus, dass der Busfahrer grasgrün im Gesicht wird. Er muss sich setzen und zwei Damen fächeln ihm frische Luft zu.

„Oje, Feuerstühlchen ist ganz unruhig“, sagt Olchi-Mama. „Er will hier weg“, sagt Olchi-Oma. „Er mag den Trubel nicht!“

Schnell klettern die Olchis auf Feuerstuhls Rücken. Der Drache wartet nicht ab, bis jemand „Spotz-Rotz!“ ruft. Er stößt eine 1000 Grad heiße Stinkerwolke aus und schon hebt er ab. Über die Köpfe der staunenden Touristen hinweg knattern die Olchis davon.

„Schade, dass wir nicht länger bleiben konnten!“, ruft Olchi-Mama den anderen Olchis zu.

„Wieso denn?“, fragt Olchi-Papa.

„Na, diese Kerle haben doch überall ihren Müll verteilt! So leckere Coladosen hab ich gesehen und erstklassige Bierdosen und die herrlichen Tüten und Alufolien! Spotz-Teufel, mir ist das Wasser im Mund zusammengelaufen!“

Da Feuerstuhl ein sehr ausdauernder und zuverlässiger Flieger ist, sind die Olchis an diesem Tag noch sehr weit gekommen. Bis nach Frankreich! Aber das wissen die Olchis natürlich nicht, denn sie haben keine Ahnung von Geografie. Direkt unter ihnen liegt die Stadt Paris.

Den Olchis knurrt der Magen jetzt so laut wie Feuerstuhls Auspuff.

Und wo lässt sich der Drache diesmal nieder? Natürlich auf dem Eiffelturm!

Die Olchis staunen nicht schlecht, als sie den riesigen Turm sehen. Er ist 320 Meter hoch und besteht aus 10 000 Tonnen Stahl und Eisenstangen.

Bald sitzen die Olchis auf einem der Eisen-Träger, 200 Meter

hoch über dem Erdboden, und lassen ihre Füße herunterbaumeln.
„Krötiger Schlammbeutel!“, rufen die beiden Olchi-Kinder begeistert. Sie balancieren gleich auf den Eisenträgern herum, so geschickt wie die Affen im Zoo.
„Spotz-Teufel, passt nur auf, dass ihr nicht runterfallt!“, ruft ihnen Olchi-Mama zu.
„Lasst uns mal gleich probieren, wie das Ding schmeckt!“, sagt Olchi-Oma hungrig. Sie beißt ein ordentliches Stück aus einem der Stahl-Träger.
„Nicht übel!“, sagt sie. „Fast noch besser als die köstliche Kette gestern Abend.“ Olchi-Oma rülpst und wischt sich über den Mund.
„Na ja, ein bisschen trocken vielleicht“, meint Olchi-Opa. Er hat eine dicke Schraube herausgedreht und kaut sie mit vollen Backen. Damit es besser rutscht, nimmt er ein Schlückchen Fahrradöl.

Olchi-Mama knabbert an einem schweren eisernen Stütz-Pfeiler herum. Der Stütz-Träger neigt sich mit einem leisen Ächzen ein wenig zur Seite.
„Ist es hier oben nicht wunder-wunderschön?“, ruft Olchi-Oma. „Es wird Zeit, dass wir es uns gemütlich machen!“ Sie fischt das alte Grammofon aus dem Müllsack und legt ihre Schallplatte auf.
„Das ist jetzt deine Geburtstagsmusik!“, ruft sie Olchi-Opa zu. Laut schallt Olchi-Omas Lieblingslied vom Eiffelturm:

„Wenn bei Capri die rote Sonne
im Meer versinkt ...“

Olchi-Opa ist ganz gerührt. Versonnen schaut er auf die riesige Stadt Paris, die da unten zu seinen Füßen liegt. Dann gibt er Olchi-Oma einen Schmatz auf ihre dicke Knubbel-nase und sagt: „Schleime-Schlamm-und-Käsefuß! Gibt es einen schöneren Ort zum Geburtstagfeiern?“
„Ein herrlicher Tag!“, sagt Olchi-Oma. „Sieh doch nur, was die Kinderchen für einen Spaß haben!“
Die beiden Olchi-Kinder probieren gerade ihre olchigen Kräfte an einer dicken Eisenstrebe aus. Die ist ganz schön hart und widerspenstig. Die Olchi-Kinder haben alle Mühe, sie aus der Verankerung zu zerren.
„Geschafft!“, ruft das eine Olchi-Kind und hält einen schweren Eisenriegel in die Luft.

„Ich bin stärker!“, ruft das andere Olchi-Kind und biegt eine dicke Metall-Stange so lange hin und her, bis sie auseinanderbricht.
Da fängt der mächtige Turm mit einem Mal an zu ächzen und zu knirschen. Dicke Bolzen schnalzen heraus, Schrauben verbiegen sich und die schweren Stahl-Träger rutschen aus der Aufhängung.
Olchi-Papa ruft erschrocken: „Rostiger Käsesocken!“
„Festhalten!“, schreit Olchi-Mama.
Der ganze obere Teil des Eiffelturms neigt sich gefährlich knirschend zur Seite. Aber zum Glück fällt der Turm nicht um. Nur ein wenig schief steht er jetzt da.
„Schade, jetzt sieht er ganz geknickt aus!“, sagt Olchi-Oma.
Olchi-Opa hält seine Fahrradöl-Fläschchen in die Höhe und ruft: „Können wir jetzt vielleicht mal ein Schlückchen auf meinen Geburtstag trinken? Zum Wohl, meine Lieben!“
Natürlich herrscht unten in Paris sofort helle Aufregung.
Die Polizei kommt mit Blaulicht angerast, die Feuerwehr

mit fünf Löschzügen und zehn Notarzt-Wagen gleich noch hinterher.
Die Leute vom Fernsehen schaffen ihre größten Übertragungs-Wagen heran. Tausende starren auf den schiefen Eiffelturm.
Doch die Olchis bekommen das gar nicht mit. Sie wundern sich nur über die beiden Polizei-Hubschrauber. Pausenlos kreisen sie jetzt um den Turm und machen dabei so einen Höllenlärm, dass die Olchis ihr eigenes Wort nicht mehr verstehen.

„Ich halte diesen Krach nicht aus!“, schreit Olchi-Oma verärgert und hält sich die Hörhörner zu.
„Das darf doch wohl nicht wahr sein!“, schimpft Olchi-Opa.
„Kann man denn wirklich nirgends in Ruhe seinen Geburtstag feiern? Glibberiger Käsefurz! Sumpfige Schlammsocke!“
Der Motorenlärm ist wirklich unerträglich.
„Nichts wie weg hier!“, ruft Olchi-Oma und packt ihr Grammofon wieder in den Müllsack.
Die Olchis springen auf Feuerstuhls breiten Rücken, und der Drache düst davon, so schnell er kann.
Olchi-Baby hustet und Olchi-Mama muss ihm auf den Rücken klopfen. Es hat nämlich noch ein Stückchen Eiffelturm im Mund. Daran hätte es sich beinahe verschluckt.

„Seht nur diesen himmlischen Sonnenuntergang!“, ruft Olchi-Oma. „Das ist ja so romantisch!“
„Ich weiß nicht, was du daran schön finden kannst“, sagt Olchi-Opa. „Ich steh mehr auf Müllberge!“
„Ja, am allerschönsten sind Müllberge und Schmuddelwetter! Das ist das Größte!“, schwärmt Olchi-Mama gleich.
„Jetzt seid doch zufrieden“, brummt Olchi-Papa, „man kann schließlich nicht alles haben!“
Als es nach einer Weile dunkel wird, fallen den Olchis wieder die Augen zu. Nur Feuerstuhl bleibt diesmal tapfer wach. Er fliegt die ganze Nacht hindurch. Als die Olchis ihre Augen wieder aufmachen, ist es längst heller Tag geworden, und angenehm warm ist es auch.
Sie sind in Italien angekommen.

Der Drache setzt zur Landung an und das eine Olchi-Kind ruft: „Muffel-Furz-Teufel! Ich seh schon wieder einen schiefen Turm!“
Tatsächlich. Da unten steht ein wunderschöner runder Turm, und er sieht so schief aus, als hätte sich ein kräftiger Riese daran gelehnt. Es ist der berühmte Schiefe Turm von Pisa.

„Das waren wir aber nicht!“, ruft das andere Olchi-Kind.
„Vielleicht sollten wir ihn ein wenig gerade rücken, bevor er ganz umfällt“, schlägt Olchi-Papa vor.
„Gute Idee“, sagt Olchi-Mama. „Bestimmt freuen sich die Leute, wenn wir ihren Turm reparieren.“
Die Olchis parken den Drachen hinter einem Andenken-Kiosk. Olchi-Baby darf bei Feuerstuhl bleiben, die anderen Olchis laufen schnell zum Schiefen Turm hinüber.
Mit ihrer ganzen Olchi-Kraft stemmen sie sich gegen den Turm.
„Eins, zwei, Stinkerbrei!“, zählt Olchi-Opa.
Gemeinsam drücken sie den Schiefen Turm Zentimeter um Zentimeter nach oben. Bald steht er wieder aufrecht und kerzengerade da.
„Ranziger Spülschwamm, ich bin ganz außer Atem!“, keucht Olchi-Oma.

„Bist eben auch nicht mehr die Jüngste!“, kichert Olchi-Opa. Schon kommen Italiener und Touristen angerannt. Die Italiener palavern aufgeregt durcheinander, und alle zeigen auf den Schiefen Turm, der ja jetzt kein schiefer Turm mehr ist.
Die Touristen machen hunderttausend Fotos, und die Andenken-Händler, die kleine schiefe Türme aus Plastik verkaufen, versuchen jetzt auch, ihre Plastiktürmchen gerade zu biegen.

Ein Polizist bläst nervös in seine Trillerpfeife, und zwei Polizeiautos rasen herbei, mit Blaulicht und Sirene. Irgendjemand ruft den Polizisten etwas zu und zeigt dabei aufgeregt auf die Olchis. Die Polizisten haben ihre Notizblöcke gezückt und stürmen mit finsteren Mienen auf die Olchis los.
„Ich glaube, sie wollen sich bei uns bedanken!“, sagt Olchi-Oma.

„Wir haben ja auch ein gutes Werk getan!", sagt Olchi-Mama. „Die Olchis sind zu jeder Zeit zu einem guten Werk bereit!", dichtet Olchi-Opa fröhlich.
„Ihr täuscht euch! Bei meinem Stinkersocken, die wollen uns verhaften!", ruft Olchi-Papa.
„Dazu hab ich jetzt aber wirklich keine Lust!", schimpft Olchi-Opa. „Ich habe schließlich Geburtstag und will endlich mit euch in Ruhe feiern. Mir geht diese ganze Unruhe langsam schrecklich auf die Nerven! Beim Kröten-Furz!"
Olchi-Opa rennt einfach los und die anderen Olchis wuseln hinter ihm her. Wieder springen sie auf Feuerstuhls schuppigen Rücken und rufen: „Spotz-Rotz!"
Der Drache stößt seine schwefelige Stinkerwolke aus und hebt ab. Unten stehen die fassungslosen Polizisten, halten sich die Nasen zu und rufen etwas auf Italienisch in ihre Funkgeräte.

„Jetzt such uns endlich mal ein richtig olchiges Plätzchen, wo wir gemütlich feiern können!“, sagt Olchi-Oma zu Feuerstuhl.
„Gib dir mal ein wenig Mühe! Such etwas, wo wir uns ausruhen und ein wenig Urlaub machen können!“, sagt Olchi-Papa.
„Wo es schön muffelig und furzig ist!“, rufen die Olchi-Kinder.
„Genau!“, sagt Olchi-Oma. „Jetzt streng dich doch mal ein bisschen an!“
Feuerstuhl schnaubt verächtlich. Das Schnauben heißt: „Jetzt fangt mir nur nicht an zu meckern! Wer fliegt denn hier seit Tagen und Nächten herum wie ein Verrückter? Und alles wegen dem bisschen Geburtstag. Ihr könnt von Glück sagen, dass ich so gutmütig bin! Schleime-Schlamm-und-Käsefuß noch mal! Wie ich diese Aufregungen hasse!“
Feuerstuhl gibt richtig Gas. Mit Höchstgeschwindigkeit zischt er durch den Himmel. Als gegen Abend eine kleine Stadt unter ihnen auftaucht, wird er langsamer.
Am Stadtrand sehen die Olchis einen Fabrikschlot, Lagerhallen und Container und, was das Schönste ist: eine prächtige Müllkippe!
„Grätziger Grützbeutel!“, rufen die Olchis begeistert. „Genau so haben wir es uns vorgestellt!“

Feuerstuhl landet natürlich mitten auf dem Müllberg. Wie herrlich faulig es hier duftet! Und was hier alles herumliegt! Stinkermüll der allerfeinsten Sorte. Ein richtiges Abfall-Paradies! Olchi-Papa nimmt gleich mal ein kleines Müllbad in einer alten Badewanne.
Feuerstuhl trinkt ein ganzes Fass voll Stinkerbrühe leer.
Die Olchi-Kinder streiten sich um eine riesige Fischgräte.
Olchi-Mama hat einen Pappkarton gefunden. „Was für ein wunderschönes Babybett!“, ruft sie begeistert.
Olchi-Oma und Olchi-Opa haben es sich in einer Ölpfütze gemütlich gemacht.
„Der gleiche Müll wie in Schmuddelfing!“, ruft das eine Olchi-Kind und fischt ein rostiges Regenschirm-Gestell aus dem Abfall.

„Also, ich finde es hier sehr schön!“, sagt Olchi-Opa zufrieden. Gerade lässt er sich ein paar Schuhbänder schmecken. Er wickelt sie um eine verrostete Gabel wie Spaghetti.
„Hier lässt es sich aushalten, was?“, ruft Olchi-Papa aus seiner Wanne.
„Bei meinem grätzigen Stinkersocken! Seht nur! Da drüben ist ja unsere Olchi-Höhle!“, ruft Olchi-Opa mit einem Mal. „Wir sind auf unserem eigenen Müllberg gelandet. Wir sind wieder in Schmuddelfing! Wir sind zu Hause!“

„Wie wunder-wunderschön“, seufzt Olchi-Mama.
„Wie romantisch“, sagt Olchi-Oma. „Jetzt fehlt uns nur noch ein olchiges Gedicht!“
Da muss Olchi-Opa nicht lange nachdenken. Er räuspert sich und sagt:

„Kröten-Furz und Pfannenstiel,
wer Hunger hat, der frisst auch viel!
Pfannenstiel und Kröten-Furz,
wer langsam frisst, der kommt zu kurz!
Kleiderlaus und Stinkerfuß,
das Leben ist ein Hochgenuss!
Stinkerfuß und Kleiderlaus,
am schönsten ist es doch zu Haus!“

„Stinkerfuß und Kleiderlaus und jetzt ist die Geschichte aus!“, rufen die Olchi-Kinder.
„Noch nicht ganz“, sagt Olchi-Mama. „Wir haben noch etwas Wichtiges vergessen!“
„Was denn?“, fragt Olchi-Opa.
Da rufen alle Olchis wie aus einem Mund:
„Schleime-Schlamm-und-Käsefuß! Wir wünschen dir alles Gute zum Geburtstag!“